Noir

O CRIADOR DE DEUSES

Jack Kirby

ROBERTO GUEDES

> *Nossos sonhos nos fazem grandes.*
>
> JACK KIRBY

O CRIADOR DE DEUSES
ROBERTO GUEDES

Edição: Gonçalo Junior
Capa e projeto gráfico: André Hernandez
Revisão: René Ferri
Foto da capa: Susan Skaar
(Sob licença de Creative Commons Attribution-ShareAlike 3.0 Unported License)
Produção Gráfica: Israel Carvalho
Impressão e acabamento: Leograf Gráfica Editora

Editora Noir
Praça da Sé, 21 cj 410
CEP 01001-000
São Paulo – Brasil

contato@editoranoir.com.br
editoranoir.com.br

© 2017 Editora Noir – Todos os direitos reservados
Permitida a reprodução parcial de texto ou de imagem,
desde que citados os nomes da obra e do autor.

N3

Dados Internacionais de Catalogação na Fonte (CIP)
Bibliotecária: Maria Isabel Schiavon Kinasz, CRB9 / 626

K58
Guedes, Roberto
Jack Kirby: o criador de deuses / Roberto Guedes - 1.ed. – São Paulo: Editora Noir, 2017.
220p.:il.; 21cm

ISBN 978-85-93675-03-4

1. Kirby, Jack, 1917-1994. 2. Lee, Stan, 1922-   . 3. Quadrinistas – Estados Unidos – Biografia. 4. Histórias em quadrinhos. 5. Heróis. I. Título.

CDD 928.1 (22.ed)
CDU 92:820(73)

1ª impressão: inverno de 2017

Dedico este livro à memória de
Maria Fernandes – segunda mãe

E, também, às supermulheres de minha vida:
Regina – amada esposa
Edna – querida mãe
Mafalda e Egla – tias amorosas

PREFÁCIO

O HOMEM QUE CRIAVA DEUSES

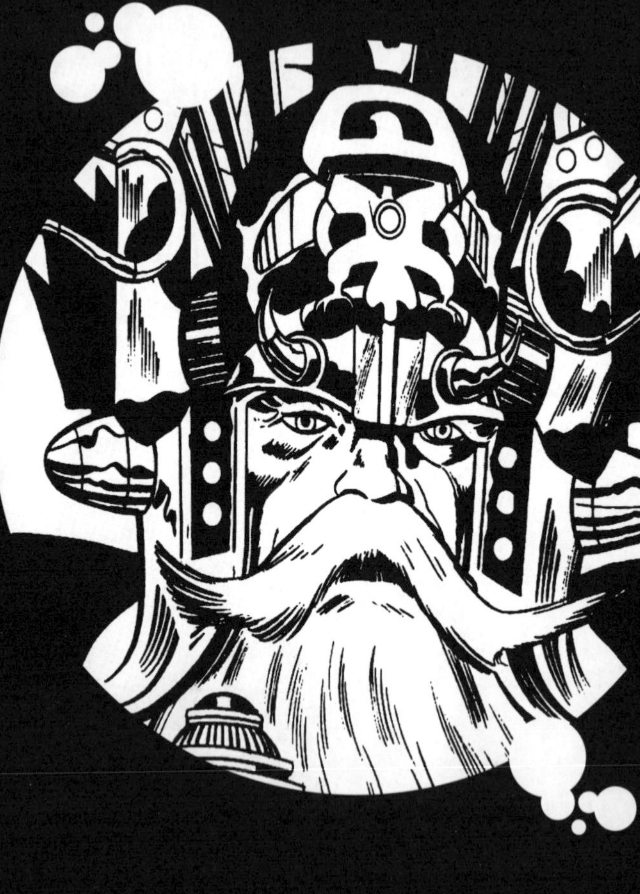

Jack Kirby é um daqueles raros artistas que, sozinhos, mudaram o rumo das histórias em quadrinhos. Sob vários aspectos. A começar pela singularidade do seu traço, inconfundível na forma, na construção dos personagens, dos cenários e do acabamento. Embora sua anatomia fosse perfeita, guardadas as proporções e assimetria das figuras, ele se deu a liberdade de deformá-la de modo tão natural, que inverteu a lógica da construção humana ou não humana – pois foi um mestre em criar monstros, deuses e figuras alienígenas. É como se nós, do mundo real, fôssemos aberrações e os seres deformados com perfeição por Kirby compusessem o mundo idealizado. Deu para entender? Cabia ao desenhista imaginar realidades alternativas mais interessantes que a nossa, enfim, sem importar a forma, ao menos.

Os quadrinhos também não seriam o mesmo se Kirby não fosse o desenhista certo ao lado do roteirista ideal e no momento certo. Sim, ele estava presente em grandes momentos. Em 1941, por exemplo, ajudou Joe Simon a criar o patriótico Capitão América, cuja importância para mobilizar os norte-americanos a vencer a Segunda Guerra Mundial (1939-1945) sempre foi subestimada. No começo dos anos de 1960, com seu traço já formado e maduro, único no mundo, jamais copiado e sempre imitado, ele estendeu a mão a Stan Lee para criar alguns dos mais interessantes super-heróis de todos os tempos – e recriar outros, que também virariam deuses. Foi um período intenso e que deixaria sequelas nos egos de muita gente, a começar pelo próprio Kirby, que jamais deixou de reclamar o seu verdadeiro papel no processo de reinvenção do conceito (e da mitologia) do super-herói.

Poucos ousaram tanto e foram tão longe quanto Jack Kirby. Com ele, multiplicaram-se as possibilidades da linguagem dos quadrinhos – no final do século XX, seu colega Will Eisner (1917-2005) costumava dizer que os comics apenas engatinhavam e tinham muito a evoluir. Sem dúvida. E Kirby abriu uma dezena de portas, pelo menos, nesse sentido. A sua imaginação para compor novos mundos e seres fantásticos se mostrou inesgotável até o fim da sua vida. Essa capacidade se estendia também à arte-final de seus quadrinhos, com acabamentos firmes e refinados, carregados de efeitos que mais pareciam delírios psicodélicos provocados pelo uso de ácido lisérgico – ao que se sabe, ele jamais recorreu a qualquer tipo de alucinógeno similar.

Nada nele era apressado ou mal feito. O perfeccionismo, porém, não o tornava mais lento. Kirby não era daqueles artistas que levam anos para produzir uma obra completa – e de valor. Ele veio da indústria de massa dos comics, cuja regra era uma só: precisava-se produzir muito, pois pagava-se pouco. A pressão do mercado, porém, não impediu que esse artista de temperamento explosivo imprimisse um perfeccionismo inigualável. Insuperável. Invejável. Imagina-se que devia ter orgulho ou rir do exército de artistas que tentaram copiá-lo, em vão. Kirby não se imita ou copia sem cair no risco do ridículo. Seus quadrinhos se tornaram impressões digitais de um artista soberbo, porém, contraditório, que vacilava em busca da notoriedade, sem reconhecer a si mesmo como um gênio revolucionário e fundamental para a história dos comics. Se não bastasse, ele foi um dos criadores de um mito da cultura ocidental contemporânea: o Capitão América. Só para citar um.

E é nesse aspecto que este bem construído e indispensável livro de Roberto Guedes ganha força. Pesquisador sério, que domina o tema super-heróis como poucos, Guedes humaniza Kirby e o torna mais interessante ao expor suas fraquezas, travestidas de um ego inflamado – desnecessariamente, ousaria dizer. Não precisava disso e não sei se alguém chegou a dizer algo assim para ele. Seu papel de protagonista da história dos quadrinhos já estava escrito quando ele começou a reclamar a parte que lhe cabia nesse latifúndio dos comics. É o que se percebe nesta narrativa cuidadosa e competente, que bem poderia ser lançada nos Estados Unidos, para alegria dos fãs de Kirby.

Enquanto isso não acontece, nós, brasileiros, saboreamos o privilégio de ter um livro exclusivo sobre o verdadeiro Rei dos Quadrinhos. Os reis, do mesmo modo que os deuses, como sabemos, são eternos.

Gonçalo Junior
Autor de *A Guerra dos Gibis*

INTRODUÇÃO

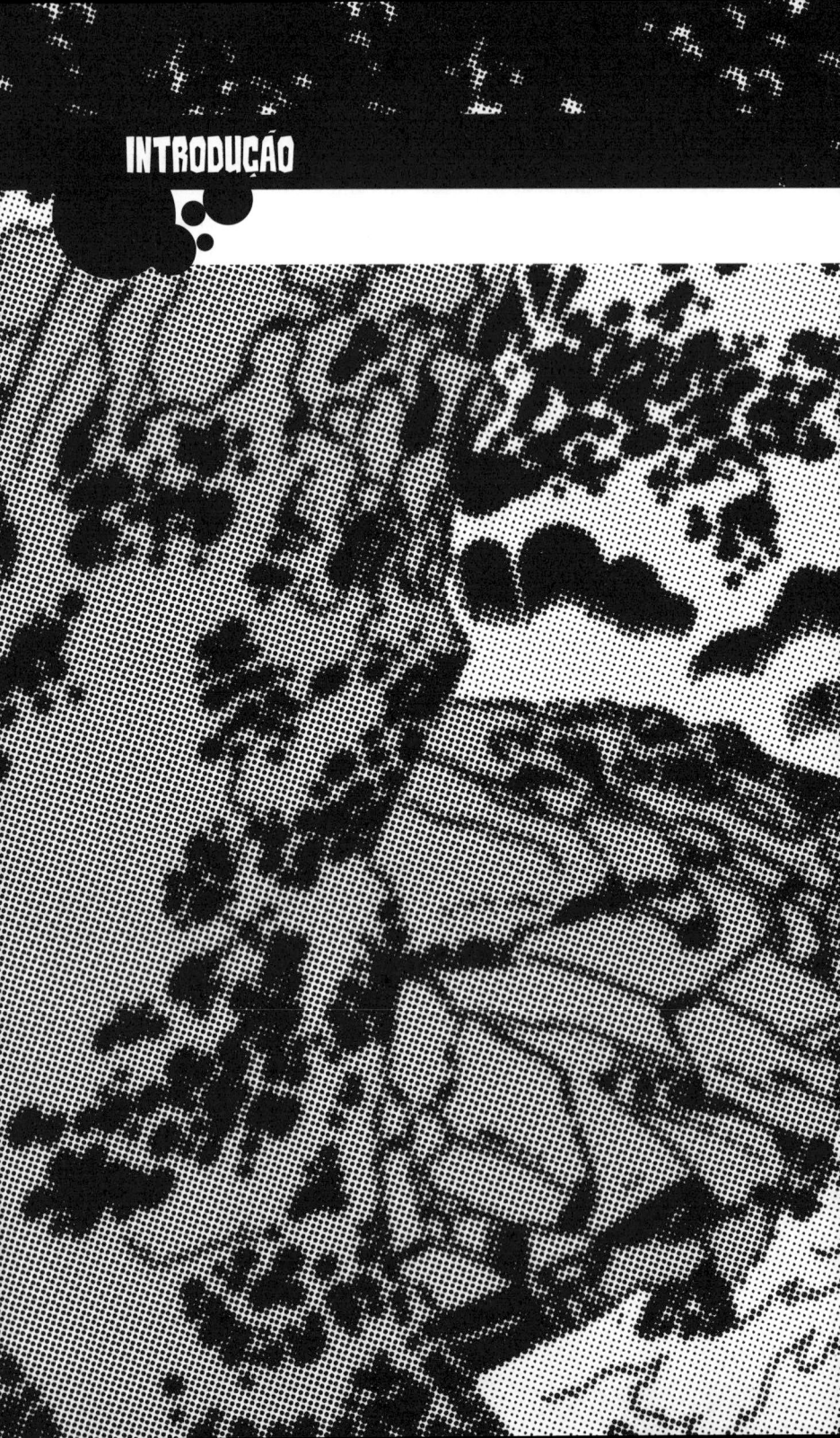

VIVA O REI KIRBY!

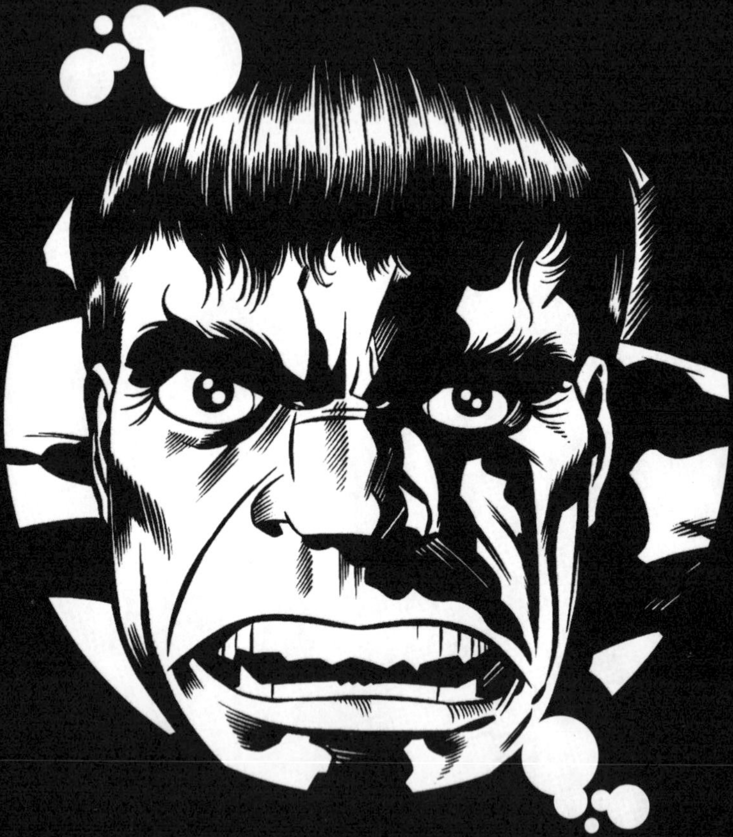

Já dizia o roqueiro Raul Seixas em uma de suas antigas canções que "cada um de nós é um universo". Há muita verdade nessa afirmação. Somos uma variedade infinita de pensamentos simultâneos, de desejos, de angústias e de contradições – características que nos definem como humanos. Mas nem sempre é fácil, ou mesmo convém ao indivíduo, exteriorizar seus anseios, expor-se ao mundo.

Existem, claro, aqueles que o fazem através da arte, de maneira codificada ou explícita – enigmas que tornam essa forma de expressão tão interessante e instigante. O quadrinista norte-americano Jack Kirby (1917-1994) era do tipo ousado que escancarava tudo, sem meio-termo, com seus quadrinhos furiosos e explosivos.

É impossível ficar indiferente ao trabalho de Kirby, uma vasta produção que se estendeu ao longo de seis décadas. Assim como se tornou dificílimo para seus inúmeros imitadores captarem uma fração daquele sentimento de urgência de seus personagens e a magnificência arrebatadora de seus conceitos – sim, Kirby não fazia nada aleatório, carregava tudo de significados.

De sua mente visionária surgiu uma miríade de super-heróis que se tornaram ícones da Cultura Popular – americana, no primeiro momento; e universal, em seguida. Seu lápis mágico delineou novos mundos e universos inteiros desta e de outras dimensões. Kirby trafegou por todos os gêneros que se pode imaginar – alguns inventados por ele próprio – com profunda paixão e senso profissional admirável. Era um autor inquieto, em busca contínua por novidades, com a finalidade maior de encantar sua plateia de leitores em todos os cantos do mundo.

Sua carreira sem paralelos é indissociável à própria história dos quadrinhos nos Estados Unidos, bem como à trajetória do imigrante, em particular, a do povo judeu na América. Afinal, ele nasceu em um gueto, viveu os horrores da Segunda Guerra Mundial e venceu na vida como um artista de talento e valor consagrados. Jack Kirby transmutou seus sonhos em realidade nos quadrinhos, e sua dor em uma quantidade expressiva de obras-primas. Ele era o melhor no que fazia, e continua a ser uma grandiosa inspiração. Não por acaso, foi reverenciado com o mais apropriado dos títulos – o de Rei dos Quadrinhos. Portanto, vida longa ao Rei, pois seu reinado é eterno.

A seguir, a sua vida.

Roberto Guedes
São Paulo, Verão de 2017

CAPÍTULO 1

A VIDA QUE NASCE NO GUETO

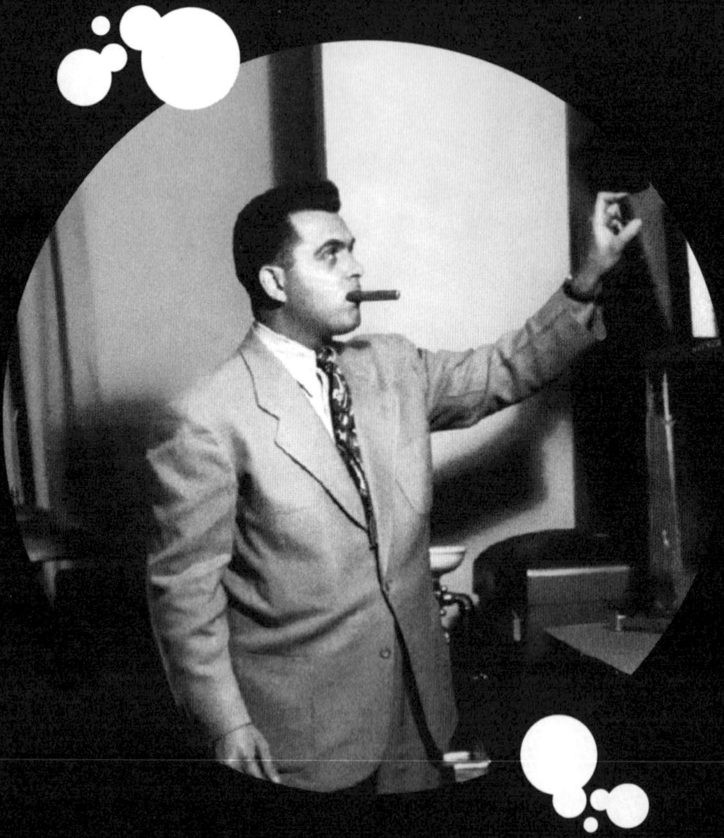

As pessoas que andavam distraídas pelas ruas do Lower East Side não se importavam com a barulheira feita pelos carroceiros, ou com a gritaria dos vendedores de frutas em suas barraquinhas nas calçadas, no começo da década de 1920. A variedade de sotaques convergia para um zumbido homogêneo que funcionava como som ambiente daquele bairro pobre de Manhattan. Ninguém também prestava atenção aos garotos que corriam por todos os lados, pulando muros e subindo as apodrecidas escadas de incêndio dos cortiços de maneira frenética e audaciosa. Lá no topo de um edifício decadente ocorria um evento de proporções épicas. Pelo menos, para as gangues rivais de delinquentes.

Menino que não tinha chegado ainda a uma dezena de anos de vida, Jack Kirby era um baixinho de fibra. Valente que só. Já havia levado alguns murros de um garoto italiano, quase o dobro do seu tamanho, mas resistiu bravamente. Kirby nunca tinha visto um italiano na vida. Nem um irlandês. Todos eles se odiavam, embora as razões para isso não fossem claras. O fato é que o italiano o chamou de judeuzinho nanico, e Kirby não poderia aceitar essa afronta. Como um boxeador obstinado – pelo menos assim se achava –, partiu para cima e desferiu uma sequência boa de golpes que pareceram ter intimidado o adversário.

O italiano, no entanto, era uma muralha. E agarrou Kirby pelo pescoço. O garoto aprisionado cometeu o erro de deixá-lo tomar fôlego, ao mesmo tempo em que não ficou a uma boa distância de suas mãos enormes. O grandalhão empurrou-o contra uma parede e conseguiu golpeá-lo com força na cabeça. Uma, duas, três vezes. Kirby caiu. Os outros meninos correram para separar a briga. O italiano fizera menção de chutá-lo enquanto estava no chão, e isso eles não iriam permitir. Afinal, havia um código de honra entre as gangues do Lower East Side que precisava ser respeitado.

Em meio ao tumulto do empurra-empurra, uma voz se fez ouvir: "Você bate como uma mulherzinha". Todos ficaram chocados com o que viram em seguida. Mesmo em desvantagem física, Kirby estava de pé, com o olho roxo, o nariz sangrando, mas com os dois punhos levantados, em posição de combate... Sem dúvidas, chamava o antagonista para mais um round, mesmo completamente estropiado.

De repente, um silêncio sepulcral passou a reinar no telhado. Todos se entreolharam diante da bravura do menino. Em seguida viraram-se para o italiano, que por sua vez, abriu os braços como se quisesse dizer: "Para mim a briga acabou. Eu não posso bater nele nessas condições." Kirby continuou ali, impávido, desafiador. À medida que os segundos passavam, seus braços começaram a ceder até que, enfim, as pernas bambearam.

Dessa vez, o italiano não deixou o corpo de Kirby tombar. Amparou o nocauteado nos braços e o levou dali. Ao chegarem na porta da casa de Kirby, um dos garotos argumentou: "Não podemos deixá-lo assim todo amarrotado. A mãe dele vai morrer de susto." Então, arrumaram sua roupa, limparam o sangue do rosto e até ajeitaram o topete de Kirby. Em seguida bateram na porta e se mandaram. Kirby perdeu a luta, porém, ganhou o respeito de todo mundo. E essa história se repetiria por toda a sua vida.

Uma vida que começou em 28 de agosto de 1917. Seu nome de batismo era Jacob Kurtzberg, filho de Benjamin e Rose, um casal de judeus oriundo da Áustria. Jack Kirby, como ficaria conhecido, nasceu e foi criado nos guetos de Nova York, um lugar pobre e violento, que aprendeu desde cedo a odiar. Ainda pequeno, passou por um grande trauma que o marcaria de maneira definitiva.

Ao contrair pneumonia – uma doença considerada gravíssima naquela época, pela inexistência de antibióticos capazes de deter seu avanço muitas vezes mortal –, seus pais chamaram alguns rabinos para realizar um ritual de exorcismo, na tentativa de salvar sua vida. Os religiosos judeus conjuraram os demônios e proferiram palavras em hebraico para expulsá-los do corpo do menino. Kirby se recuperou, mas essa experiência macabra exerceria enorme influência em seu trabalho artístico mais tarde.

Benjamin tirava o sustento da família como empregado de uma fábrica de roupas. O salário era pouco e o serviço árduo, com jornadas que passavam das doze horas diárias. Mas, o que fazer se aquela era a única opção de trabalho para os imigrantes? Se havia algum consolo, estava no fato de, pelo menos, os funcionários poderem levar algumas peças mais baratas para suas famílias.

Era assim que Benjamin vestia o filho mais velho e o caçula David: com blusas de gola alta e calças curtas. Aliás, pouco se sabe sobre a vida de David, exceto que foi bem curta. Nasceu em 1922, portanto, era cinco anos mais jovem que Kirby. David, que costumava chamar o irmão mais velho de "Jankel" (um diminutivo para Jacob), provavelmente, faleceu antes de completar 18 anos, um vez que ele aparece somente até 1940, no registro do Censo Federal dos Estados Unidos.

Kirby sempre foi muito reservado a respeito desse assunto. Limitou-se a dizer em um depoimento, anos depois: "Meu irmão se foi muito cedo. Embora mais novo, ele era maior do que eu, e sempre estava disposto a me tirar das enrascadas com outros carinhas na saída da escola."

Até que vieram os estudos para Kirby. Segundo o próprio, ele não era um mau aluno – tanto que gostava de estudar História –, mas vivia distraído na sala de aula. Alimentava acordado o sonho de fugir daquele fim de mundo, da turminha de desajustados da Suffolk Street, das brigas de gangues que não o levariam a lugar nenhum. Mas, em um dia chuvoso, enquanto voltava para casa, algo conseguiu prender sua atenção perto da calçada, diante de seus olhos: aproximou-se e viu uma revista *pulp* boiando na sarjeta.

Benjamin, Rose e o pequeno Jacob.

A vizinhança caótica na visão de seu mais ilustre morador.

A capa era linda. Os *Pulps* eram publicações feitas de papel barato, a partir da polpa de celulose, que traziam histórias em prosa e uma e outra ilustração. Os temas eram variados e não apenas sobre crimes, como se acostumou a afirmar: policial, aventura, ficção científica, suspense e a dobradinha espada e feitiçaria. Foram em suas páginas que surgiram os primeiros paladinos e os grandes aventureiros da literatura e que depois iriam para o cinema e os quadrinhos: Tarzan, Conan, Buck Rogers e Zorro, entre tantos outros que povoariam a imaginação dos leitores.

Kirby se agachou, pegou o exemplar e começou a folheá-lo. "Que diabos é isso?", sussurrou para si mesmo. O título era *Wonder Stories* e trazia um foguete interplanetário na capa. Era a primeira vez que ele via uma espaçonave. E levou o exemplar ensopado para casa. Pareceu algo tão precioso que o escondeu sob o travesseiro. Mais tarde, sozinho no quarto, leu a revista inteirinha e ficou maravilhado.

Logo se tornou um leitor contumaz de *pulps*. Na mesma época, descobriu as tiras em quadrinhos de jornal, que também se tornaram consumo habitual. Mas, para ficar em dia com a leitura, precisava ter dinheiro, o que significava trabalhar. Assim, também ajudaria no orçamento de casa. Conseguiu uma vaga como jornaleiro. Era só ficar parado numa esquina no centro da cidade e berrar a plenos pulmões as manchetes para atrair os transeuntes. O bom é que Kirby vendia os jornais do grupo Hearst, repletos de tiras do King Features Syndicate, as quais ele podia ler de graça.

William Randolph Hearst (1863-1951) se tornou um magnata por comandar a maior rede de jornais e revistas dos Estados Unidos, a Hearst Corporation, ainda no final do século XIX. Seu estilo ousado de explorar as notícias influenciaria, de maneira decisiva, o jornalismo americano nos anos seguintes – a ponto de ser mostrado como o personagem central do filme *Cidadão Kane* (1941), de Orson Welles, parcialmente baseado em sua pessoa – e de modo nada lisonjeiro. Sua história começou, de fato, em 1897, com apenas 23 anos, quando assumiu o lugar do pai no comando do *The San Francisco Examiner*. Logo ampliou os negócios e adquiriu o *The New York Journal*, dando início, a partir de então, a uma rivalidade acirrada com Joseph Pulitzer (1847-1911), *publisher* do *New York World*.

Ambos brigavam pela soberania da distribuição de exemplares em território nacional. Pulitzer, porém, tinha um grande trunfo: a tira em quadrinhos de jornal *Hogan's Alley*, publicada com sucesso desde

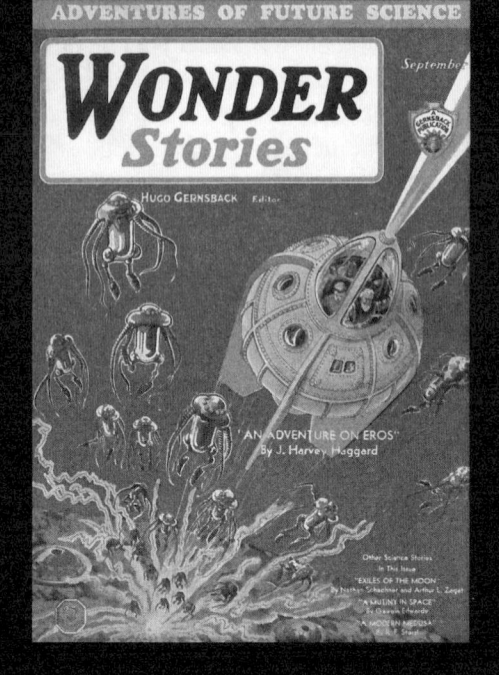

Provavelmente foi com uma edição como essa da Wonder Stories que a mente fértil do pequeno Jacob entrou em combustão.

Um jovem Kirby, sem gravata, mas com o olhar penetrante de quem sabe aonde quer chegar.

1895, e cujo protagonista era o Menino Amarelo (*The Yellow Kid*, no original em inglês). Criado por Richard Felton Outcault (1863-1928), o Menino Amarelo era um garoto dentuço e sorridente de feições asiáticas que trajava uma camisola amarela – uma cor constantemente usada na impressão dos jornais daquele período – e vivia em um cortiço, em meio a criaturas estranhas ou mesmo bizarras.

Mas Hearst seduziu Outcault com uma proposta financeira vantajosa e levou o personagem para o seu *The New York Journal*. Contudo, o autor não havia registrado a tira, e assim, o Menino Amarelo passou a figurar nos dois jornais, pois Pulitzer contratou George Luks para continuar a série no *New York World*. No intuito de conquistar de vez a preferência dos leitores, os rivais apelaram para manchetes exageradas e notícias sensacionalistas, o que acabou gerando o termo Imprensa Amarela[1]. A publicação de Hearst ganharia destaque, devido, em parte, ao suplemento infantil de oito páginas, o *American Humorist*, que trazia várias séries de quadrinhos. Logo, elas se espalhariam por todos os seus jornais.

Em 1912, Hearst fundou a International Feature Service, para atender os demais veículos de comunicação impressa que, cada vez mais, requisitavam suas tiras e páginas dominicais de quadrinhos, além de passatempos, artigos, fotos e ilustrações diversas. Em 1914, a empresa passou se chamar King Features Syndicate, a partir do sobrenome de seu editor, Moses Koenigsberg – Koenig significa king (rei), em alemão.

No meio século seguinte, a King se consolidou como a principal distribuidora de tiras do país, inclusive para o exterior – com amplo domínio de mercado em toda a América Latina. Quadrinhos como Mandrake e Fantasma, de Lee Falk, passaram a ganhar espaço nos jornais concorrentes e até mesmo em encadernações de várias editoras, que reprisavam suas HQs.

Kirby ficou tão fascinado com esse mundo de fantasia repleto de cores e desenhos, que começou a fazer caricaturas para o boletim da República Fraternal dos Garotos, entidade voltada para dar assistência

---

1. No Brasil, o jornalismo sensacionalista é conhecido como "imprensa marrom" — expressão criada em 1959 pelo jornalista Calazans Fernandes, chefe de reportagem do Diário da Noite.

humanitária a garotos de rua. Depois, inscreveu-se no Instituto Pratt, organização privada e sem fins lucrativos que dava cursos de engenharia, arquitetura e artes em geral.

A essa altura, em 1931, ele já estava com 14 anos e com muita vontade de se tornar um desenhista de histórias em quadrinhos. Mas essa determinação o deixava inquieto. Seguir o passo a passo acadêmico era entediante demais para o rapaz, que já fazia charges políticas para o tabloide *Lincoln Newspaper Syndicate*. "Fiquei somente uma semana no Pratt. Nunca gostei de lugares com regras demais. Eles queriam pessoas pacientes que trabalhariam em algo para sempre. Mas trabalhar para sempre em qualquer coisa não me passava pela cabeça."

O jovem começou a treinar desenho sozinho e na raça. Por um tempo, até pensou em desistir de tudo e tentar a carreira de ator. Era fascinado por cinema, diria depois que seria capaz de passar um final de semana inteiro numa sala de projeção. Quando disse à sua mãe que pretendia ser ator e se mudar para Hollywood, ela ficou furiosa: "Nem pensar! Vai acabar se envolvendo com aquelas mulheres peladas."

No fundo, Kirby sabia que não teria coragem de abandonar os pais, pois seu salário miúdo ajudava a colocar comida na mesa. Eram tempos difíceis, para não dizer terríveis, em que a crise econômica que se seguiu à quebra da Bolsa de Valores em 1929 devastara os empregos em todo país, com o fechamento de milhares de empresas – um problema social e econômico grave que atravessaria toda a década de 1930. "A Depressão[2] estava em pleno auge e qualquer trocado que você trouxesse para casa contava."

As dificuldades financeiras não impediam que se ele se divertisse quando possível. Kirby adorava os filmes de gângsteres, e se espelhava bastante nos maneirismos de James Cagney (1899-1986), um ator baixinho e durão. Todavia, não se deixava iludir, pois conhecia os gângsteres de seu pedaço, e sabia que eles não tinham nada a ver com o glamour que aparecia nas telas. Muitos de seus amigos estavam se tornando bandidos e até tinham sido mortos, enquanto outros enveredavam pela política – o que, ao final das contas, dava na mesma para ele.

---

2. *O início da chamada Grande Depressão se deu em 24 de outubro de 1929 com a quebra da Bolsa de Valores de Nova York, ocasionando uma crise econômica sem precedentes que se alastrou por diversos países, e durou vários anos.*

Até passou pela sua cabeça de pretendente a desenhista virar um político *trambiqueiro* e ganhar dinheiro fácil. Mas isso simplesmente não combinava com sua índole e educação familiar. "Eu não podia desgraçar meu pais porque eu os amava. Jamais faria algo que eles reprovassem." Foi quando as revistas em quadrinhos começaram a proliferar como nunca nas bancas, na segunda metade da década de 1930. Mais uma vez os olhos espertos de Jacob brilharam e todas essas ambições menores, como ser político ou ator de cinema, desapareceram. Era como se jamais tivessem existido.

Enquanto as tiras de jornal eram lidas principalmente pelos adultos, e os *pulps* tinham como leitores a maioria de adolescentes, o formato *comic book* foi pensado como objeto de coleção para o público infantil. Muitas compilações foram lançadas por causa da enorme receptividade naqueles tempos de pré-guerra mundial: *Sobrinhos do Capitão, Mickey, Popeye, Tarzan* e *Gato Félix*, entre outras. Durante as duas primeiras décadas do século XX, não havia um padrão estabelecido para os *comic books*.

Podiam ser compridos e finos, largos e achatados ou mesmo em formato tabloide. Finalmente, em 1933, a editora Eastern Color lançou *Famous Funnies*, considerada a primeira revista em quadrinhos do mercado americano, por estar dentro do formato padrão ainda reconhecido e usado décadas depois. Algo como 17x26 centímetros. O editor e idealizador da revista era um homem de 37 anos chamado Max Gaines, destinado a voos maiores.

Em fevereiro de 1935, o escritor de *pulps* e ex-major do exército Malcolm Wheeler-Nicholson fundou a National Periodical Publications, uma editora exclusivamente de revistas em quadrinhos. O grande problema do major era que ele se mostrou mais ambicioso que objetivo. Sua criatividade como contador de histórias contrastava com sua capacidade administrativa.

Indeciso e com certa insegurança, ele lançou sua primeira revista, *New Fun Comics*, em fevereiro de 1935, para, em seguida, editar outra com nome parecido: *New Comics*. As duas se mostraram quase idênticas e com dezenas de histórias curtas – a maioria com apenas uma página. Por isso, acabaram causando confusão e desgosto entre os leitores. Para salvar a empreitada, o major mudou os títulos para *More Fun* e *New Adventure Comics*, respectivamente.

Essas publicações misturavam obras de alta qualidade artística, tal qual *Bob Merritt*, de Leo E. O'Mealia (um cartunista experiente

O James Cagney dos quadrinhos.

oriundo dos jornais), com trabalhos de jovens autores que sonhavam em se projetar como artistas profissionais: Bob Kane, com a tira cômica *Ginger Snap*, e a dupla formada por Jerry Siegel e Joe Shuster, futuros criadores do Superman, com *Rádio-Patrulha*.

Wheeler-Nicholson, porém, cada vez mais meteu os pés pelas mãos. Mesmo com boas vendas, afundou-se em dívidas com fornecedores, gráficas e com os próprios artistas. Foi aí que decidiu se associar a Harry Donenfeld e Jack Liebowitz, dois espertalhões que vislumbraram nos gibis uma forma de fazer lavagem de dinheiro com seu negócio sujo, que envolvia bebida falsificada, armas ilegais e revistas pornográficas.

De qualquer maneira, entenderam que havia potencial nos gibis, contanto que trouxessem material inédito para a garotada. Surgia, em março de 1937, o primeiro grande gibi de todos os tempos, o *Detective Comics,* que desde a primeira edição se dedicou a publicar séries detetivescas inéditas: *Slam Bradley* (Jerry Siegel e Joe Shuster), *Speed Saunders* (Fred Guardineer), *Vingador Escarlate* (Jim Chambers) e até mesmo uma versão em quadrinhos do maligno Dr. Fu Manchu (um vilão da literatura *pulp* criado por Sax Rhomer). *Detective Comics* foi o primeiro sucesso comercial da National.

Deu mais que certo. Virou um fenômeno editorial que impulsionaria sobremaneira a indústria dos quadrinhos, expandindo-a, em definitivo, para além das tiras e páginas dominicais dos jornais. Tanto que de 1940 em diante, as capas de todas as revistas passaram a estampar um círculo com as iniciais "DC", que foi como a editora passou a ser chamada pelos leitores.[3] Aos poucos, Donenfeld e Liebowitz foram comprando os outros títulos da DC, até que, por fim, em 1938, o sonhador Wheeler-Nicholson saiu de vez da sociedade.

Nesse alvorecer das revistinhas, Kirby mirou em outro alvo e começou a enviar amostras de artes para jornais de grande circulação. Queria se tornar o próximo Alex Raymond ou quem sabe Hal Foster – os badalados criadores das tiras de Flash Gordon e Príncipe valente. Começou a mandar charges políticas, cenas do cotidiano, ou *gags* ilustradas. Muitas foram rejeitadas. Prestes a completar 18 anos, em 1935, conseguiu uma vaga no Fleischer Studios, da dupla de irmãos que

---

3. *Em 1977, o nome da editora mudaria oficialmente para DC Comics.*

*Charge recusada pelo New Yorker – Kirby assinou
com seu sobrenome de batismo.*

*O épico medieval Príncipe Valente, de Hal Foster,
exerceria grande influência sobre Kirby.*

produzia animações de Popeye e Betty Boop. A função de Kirby era a de intercalador – o responsável por completar a sequência dos desenhos com figuras intermediárias, para dar noção de movimento.

Mas o jovem não gostou. Achava que o serviço estava muito aquém de suas reais atribuições artísticas. "Era uma linha de montagem. Para uma figura dar um passo completo eu tinha de desenhar seis quadros e, depois, passar para outro colega. Então, ele desenharia o outro passo. E todo mundo numa mesa enorme. Em certo sentido, era como estar na fábrica de meu pai, só que fabricando fotos." Por isso, quando o patrão, o lendário Max Fleischer, anunciou que o estúdio ia se mudar para a Flórida, Kirby aproveitou e pediu as contas. Ele estava decidido a entrar no ramo dos quadrinhos de uma vez por todas. Havia indícios animadores nesse sentido.

CAPÍTULO 2

CAMPO DE BATALHA

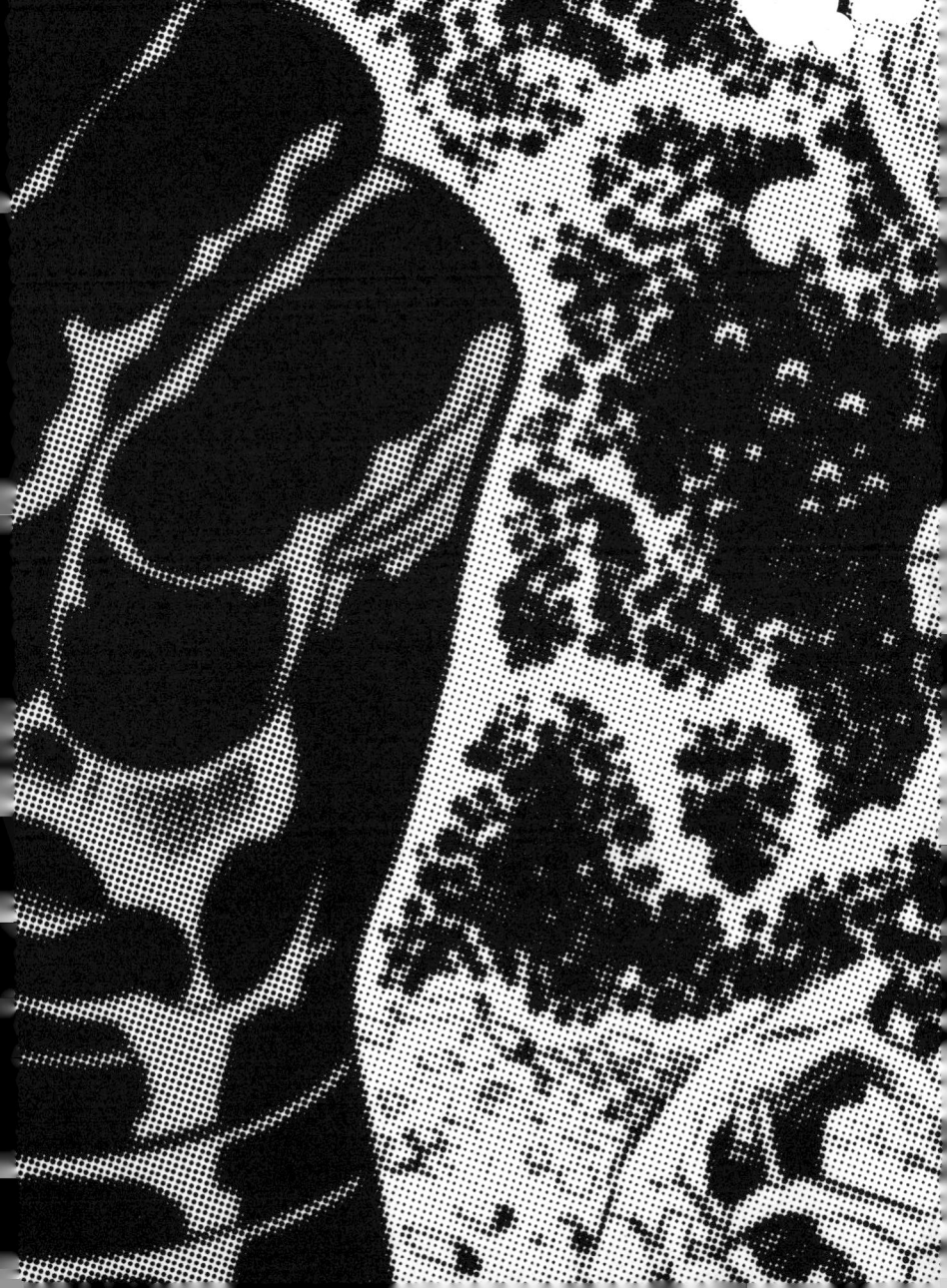

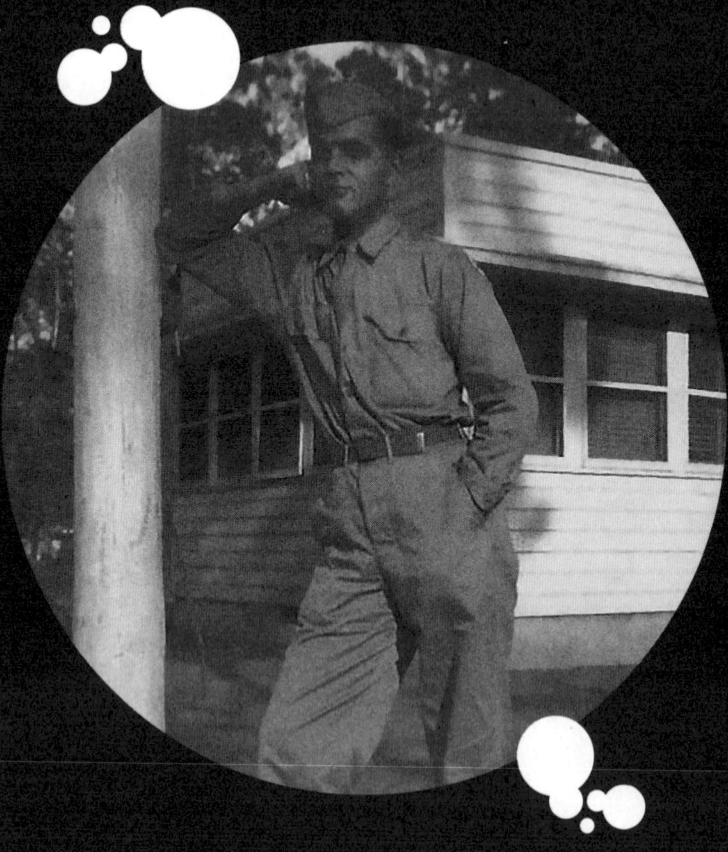

Jack Kirby ainda não sabia, mas seu destino estaria ligado de maneira intrínseca a um gênero de quadrinhos poderoso, que mesclaria elementos de fantasia, ficção científica e aventura: os super-heróis. Para se entender o fascínio que esses personagens miraculosos exerceram na primeira geração de leitores, é preciso remontar ao ano de 1883, quando foi lançado o livro *Assim Falou Zaratustra,* do filósofo alemão Friedrich Nietzsche (1844-1900).

A obra teria grande impacto na política e cultura popular do princípio do século XX. Nela, Nietzsche estabeleceu a utopia do Übermensch, que pode ser traduzido como "super-homem". O Übermensch estaria destinado a surgir assim que a humanidade se desapegasse de princípios morais e renegasse a existência de Deus, atingindo então todo o seu potencial.

Como exemplo disso, no discurso realizado em 1926, na Sociedade Química Americana, o industrial Irénée du Pont alertou sobre a necessidade de se aperfeiçoar a raça humana por meio de uma combinação adequada de drogas e técnicas psicológicas, criando verdadeiros superseres aptos a enfrentar aquilo que definia como o futuro incerto da espécie.

O conceito do Übermensch também alimentou o pensamento nazista alemão. Ao assumir o comando daquele país em 1933, Adolf Hitler prometeu um "reinado de super-homens", formado por uma dita Raça Ariana Superior. Para isso, estimulou seus cientistas a praticarem a eugenia, um controverso ramo da ciência que buscava o melhoramento da genética humana por meio do cruzamento de espécimes considerados perfeitos.

Quase em simultaneidade ao discurso do chanceler germânico, dois garotos de origem judaica da América do Norte idealizaram a sua própria versão do Übermensch. Jerry Siegel, um pretendente a escritor de Cleveland, Ohio, escreveu o conto *The Reign of The Superman* (*O Reinado do Superman,* numa tradução literal), com ilustrações do colega canadense Joe Shuster. Publicado no fanzine[4] *Science Fiction* 3, em janeiro de 1933, a história falava de um homem maquiavélico que pretendia dominar o mundo, após ser submetido a testes com substâncias químicas que lhe conferiram poderes extraordinários.

Mais tarde, a dupla remodelaria a temática genética, ao transformar Superman no primeiro super-herói dos quadrinhos. A primeira história do personagem foi publicada em junho de 1938, no gibi *Action Comics* 1, também da vanguardista DC Comics. A principal fonte na qual Siegel e Shuster beberam para criar o personagem não foi Nietzsche, mas a literatura *pulp,* histórias como a de Doc Savage, que foi treinado desde a infância por um grupo de cientistas, para se tornar física e mentalmente superior.

Entre as suas inúmeras habilidades, constava que Savage era inventor, pesquisador, cientista, músico, aventureiro e mestre em várias artes marciais; além de possuir memória fotográfica, força bruta e resistência incríveis. Ou seja, um verdadeiro super-homem. Mas Siegel e Shuster pensaram em algo ainda mais incrível, fantástico, extraordinário. E inimaginável até ali.

Assim, o Superman da dupla veio de uma galáxia distante, o planeta Krypton (do latim *kryptus,* oculto), um mundo condenado à completa destruição. Seu pai o colocou num foguete e o enviou à Terra, quando ainda era um bebê. Ao chegar, foi acolhido pelo casal Kent, que descobriu, assombrado, ter a criança superpoderes – surgidos da combinação dos raios do sol amarelo e da gravidade menor da Terra. Ele se revelaria superforte, invulnerável, com visão de calor, de raios X, se movia numa velocidade inacreditável e podia voar (nas primeiras HQs apenas saltava longas distâncias).

Criado dentro de princípios éticos e morais rígidos, Kent se tornou Superman, o defensor dos fracos e oprimidos. O super-herói escondia sua origem alienígena sob o disfarce do tímido Clark Kent, repórter do *Planeta Diário*, maior jornal da fictícia cidade de Metrópolis – uma metáfora da história de perseguição do povo judeu, que durante séculos teve de se esconder ou mudar de identidade para sobreviver longe da Terra Prometida. Os colegas de redação de Kent eram o fotógrafo Jimmy Olsen, o editor Perry White e a jornalista Lois Lane, por quem era apaixonado.

A revista foi um estouro, com vendas em torno de um milhão de exemplares, e logo o herói ganhou outros títulos. A alegoria do messias judaico que surgia dos céus para salvar seu povo não passou despercebida, e ficou ainda mais evidente com a introdução do vilão Lex Luthor, um cientista louco de feições semelhantes às do diabólico bruxo inglês Aleister Crowley (1875-1947). "Lex" era o diminutivo de "Alexander", verdadeiro nome do ocultista, enquanto "Luther" pode ter sido inspirado em Martinho Lutero, pai da Reforma Protestante, acusado de promover o antissemitismo em dado momento de sua trajetória eclesiástica.

---

4. Junção das palavras inglesas fanactic e magazine, ou seja: revista do fã. Em geral, uma publicação amadora dedicada a determinado assunto (cinema, música, poesia, quadrinhos). No começo eram impressas em mimeógrafo, depois em fotocópias. Hoje existem fanzines com acabamento gráfico profissional, e até mesmo fanzines profissionais. As ramificações são extensas.

O sucesso de Superman estimulou a DC e outras editoras a investirem em gibis de super-heróis, dando início à Era de Ouro dos quadrinhos americanos, com milhões de cópias vendidas mês a mês. Praticamente todos seguiam o mesmo padrão estabelecido por Superman: superpoderes, traje colorido e identidade secreta. Alguns dos exemplos mais notórios que ele inspirou foram: Capitão Marvel, Mary Marvel e Capitão Marvel Jr., pela Fawcett; Homem-Borracha, Tio Sam e Raio, da Quality; e Wonder Man e Besouro Azul, da Fox Feature Syndicate.

A própria DC não parou por aí e lançou o herói mascarado Batman, criação de Bob Kane e Bill Finger – outra dupla de judeus –, no gibi *Detective Comics* 27, em maio de 1939. Batman era o oposto de Superman. Preferia atuar nas trevas da imaginária Gotham City. Era sorrateiro, sempre na espreita, à espera para abater suas vítimas – no caso, os criminosos. Em sua identidade civil era o entediado milionário Bruce Wayne, que vivia numa mansão afastada, com o fiel mordomo Alfred e o pupilo Dick Grayson, vulgo Robin, o Garoto Prodígio.

Pouco antes, o editor Max Gaines, da DC, pediu um empréstimo a Donenfeld para fundar sua própria editora, a All-American Publications.

Anúncio do pulp de Doc Savage – precursor dos super-heróis dos gibis.

Donenfeld topou, contanto que Liebowitz se tornasse sócio minoritário da *All-American* e que os títulos fossem distribuídos pela Independent News, a mesma que cuidava dos *comic books* da DC. Além disso, as revistas teriam também de estampar nas capas o logo da DC.

Gaines aceitou as condições, mesmo sabendo que não teria mais controle absoluto dos próprios títulos, que chegaram às prateleiras com uma enxurrada de personagens novos, como Lanterna Verde, Joel Ciclone, Gavião Negro, Átomo, Pantera, Dr. Meia-Noite e Mulher-Maravilha, além da estreia da Sociedade da Justiça, em *All Star Comics* 3, em 1940. Quatro anos depois, a All-American seria absorvida pela DC, quando Gaines vendeu sua parte na sociedade. Em seguida, ele fundou a Educational Comics, uma editora especializada em publicações com temáticas bíblicas e educativas.

ANIMAÇÃO

Kirby acompanhava esse novo mundo de seres fantásticos surgir com o máximo de atenção e interesse. Após sair do Fleischer Studios, e pouco antes do lançamento de Superman, ele começou a trabalhar para o estúdio Eisner & Iger, que produzia quadrinhos para revistas e jornais. Na opinião de Kirby, Will Eisner e Jerry Iger eram dois profissionais completos, que dominavam todas as etapas de produção, e, por essa razão, só teria a ganhar ao lado deles.

Em 1937, o estúdio nada mais era que uma ampla sala na rua 43, em Manhattan. A mesa de Eisner ficava no centro. As dos demais desenhistas foram acomodadas ao redor. Kirby passava o dia enfurnado ali, desenhando sobre uma mesinha encostada na parede, à direita de Eisner, que tinha a mesma idade que ele, mas bem mais tarimbado. A troca de experiências entre os artistas contribuiu para o aprimoramento artístico e profissional de Kirby. Em particular, o estilo de Lou Fine atraía sua atenção. Fine era um prodígio que produzia de maneira simultânea várias HQs para diversas editoras com pseudônimos diferentes. Marcou época desenhando as histórias do Raio e Pequeno Polegar, para a Quality.

Bem rápido, Kirby percebeu que o melhor modo de escapar de uma vez por todas de sua vidinha miserável no gueto seria produzir sem

Diary of Dr. Hayward, um dos trabalhos mais remotos de Kirby, ainda sob o pseudônimo Curt Davis.

Um dos primeiros trabalhos impressos de Kirby, que assinou como Jack Curtiss.

parar. "Eu me lembro de todos os rapazes *[que trabalhavam no estúdio]*. Embora gostássemos uns dos outros e trocássemos ideias, nós não ficávamos cozinhando o galo." A concorrência ditava o ritmo, portanto. O artista aceitava qualquer serviço, e costumava entregar as páginas antes do prazo estipulado, já pensando na próxima encomenda.

Para a editora Joshua B. Powers, cujas publicações eram impressas em território americano e distribuídas na Inglaterra e Austrália (que também tinha o inglês como língua principal), Kirby fez uma adaptação do romance *O Conde de Monte Cristo*, do escritor francês Alexandre Dumas, publicada em capítulos entre as edições 64 e 71 da revista *Wags*, de março a maio de 1938. Em setembro do mesmo ano, seria relançada nos Estados Unidos, em *Jumbo Comics* 1, da editora Fiction House.

Nessa fase, Kirby também produziu a ficção científica *Diary of Dr. Hayward*. Aqui, o artista apresentou um enredo de cunho moral, do bem versus o mal, nas formas de um herói galante (Stuart Taylor) e de um vilão (Kromo), que, além de cientista louco, era um sujeito fisicamente deformado. Tipos que se tornariam corriqueiros em suas futuras histórias de super-heróis.

Os convites não pararam mais de pipocar e, em pouco mais de um ano, Kirby já havia desenhado quase vinte HQs para várias editoras. Isso, sem contar as charges políticas e tiras de jornal para o *Lincoln Newspaper Syndicate*, como a de aventura *The Black Buccanner*, a de humor *Socko the Seadog* (bem inspirada em Popeye), o faroeste *The Lone Rider* e a ficção científica *Cyclone Burke*. "Naquela época, eu realmente não tinha a pretensão de ser um Leonardo da Vinci. Não queria ser um grande artista, mas eu amava os quadrinhos e queria ser melhor do que os dez outros caras."

Assim como Lou Fine, Kirby também usou inúmeros pseudônimos nesse período: Jack Curtiss, Curt Davis, Fred Sande, Ted Grey e Lance Kirby (talvez inspirado em Rollin Kirby, um cartunista influente à época, vencedor três vezes do cobiçado Prêmio Pulitzer), antes de optar finalmente por "Jack Kirby", que, para ele, soava como James Cagney, seu ídolo do cinema. E assim como Cagney, Kirby acabaria encarnando o baixinho durão, quando um mafioso decidiu pressionar Eisner para aceitar um fornecimento de toalhas para o estúdio com preço estratosférico. Kirby cerrou os punhos e foi para cima do sujeito. Eisner o conteve, e acabou contornando a situação. Mesmo assim, Kirby deixou seu recado: "Me avisa se ele voltar, Will. E me diz se você quer que eu dê uma surra nele."

MUDANÇA

Em 1940, Kirby se desligou do estúdio de Eisner & Iger e começou a desenhar as tiras do super-herói Besouro Azul, distribuídas pela Fox Feature, sob o pseudônimo genérico "Charles Nicholas" usado pelos artistas da Fox – isso aconteceu no momento em que Eisner criava seu personagem mais famoso: o detetive mascarado The Spirit. O dono da editora, Victor Fox, não tinha uma boa reputação no meio. Na verdade, o sujeito era visto como um aventureiro no ramo editorial, que costumava lançar revistas às pencas, sem um pingo de capricho gráfico ou artístico – além de pagar pouco a seus colaboradores. Sua única preocupação era com as capas, que deveriam trazer um conteúdo visual bem apelativo – entenda-se mulheres voluptuosas e violência despudorada.

Não por acaso, portanto, Fox também já havia sido processado pela DC por plágio, quando tentou emplacar Wonder Man, uma cópia desavergonhada de Superman. Ele dava de ombros a situações assim, pois estava acostumado a ser processado por fraudes, muito tempo antes de entrar no mundo colorido dos *comics*. Kirby não o respeitava enquanto profissional, apenas como patrão, pois precisava sobreviver. "Acho que Fox daria um grande personagem", recordou depois.

Enquanto os desenhistas se debruçavam sobre as pranchetas, Fox olhava por cima de seus ombros e exultava: "eu sou o rei dos quadrinhos." Por essa razão, anos depois, Kirby não se sentiria plenamente confortável ao receber o mesmo apelido. "Às vezes eu me ofendo com isso, porque *[naquela época]* nós o usávamos de forma pejorativa." Ou seja, uma forma irônica de fazer referência ao chefe. Contudo, nem tudo era ruim, pois seria nas dependências da Fox que Kirby conheceria alguém que mudaria o rumo de sua vida: Joe Simon (1913-2011).

Quatro anos mais velho que o futuro parceiro, Simon nasceu em 11 de outubro de 1913, em Rochester, no estado de Nova York. Quando garoto, gostava de jogar basquete, o que lhe conferiu uma silhueta alta e esguia. Chegou a vender jornais nas esquinas antes de arrumar um emprego como cartunista no *Rochester Journal-American*, em 1932. Mais tarde, ele se mudou para a cidade de Nova York e começou a trabalhar como *free lancer* em vários jornais e estúdios.

Ao perceber que só aumentava a popularidade dos quadrinhos – principalmente as tiras de jornais, pois os gibis só viriam na segunda metade da década –, Simon conseguiu uma vaga de ilustrador no Funnies

Incorporated, para desenhar HQs de faroeste. Do mesmo jeito que o Eisner & Iger, o Funnies era mais um dos muitos estúdios formados por desenhistas que sabiam fazer quadrinhos, a maioria jovens na casa dos 20 anos ou menos, mas sem nenhum capital para bancá-los.

Uma das clientes do Funnies era exatamente a editora Fox Feature. Para a Fox, Simon criou o personagem Raio Azul (Blue Bolt), que saiu sem muito alarde. Até que o encontro histórico aconteceu. Certo dia, ao chegar na Fox, Simon conheceu Jack Kirby. O desenhista se aproximou dele e mostrou uma pasta com várias histórias que estava produzindo ao mesmo tempo – páginas de faroeste, ficção científica e aventura – e perguntou a Simon se ele poderia ajudá-lo a vendê-las para outras editoras, já que não queria ficar na dependência apenas da Fox.

Kirby lembraria em detalhes aquele momento: "Ele tinha um metro e noventa e eu tinha um e sessenta e três. Os donos das editoras nem olhavam para mim, não me levavam a sério. Mas Joe era bem visível, veio da classe média, tinha sido repórter, fez faculdade." Simon admirou-se com a qualidade do material e logo nasceu uma parceria de trabalho, além de uma grande amizade entre os dois – o gigante e o nanico. "Kirby tinha 22 anos. Era um cara simpático, baixinho e acima do peso. Explicou-me que era viciado em pão doce. Gostei dele imediatamente", observou o futuro parceiro.

O processo de trabalho dos dois, geralmente, ocorria da seguinte forma: Simon esboçava as capas e Kirby fazia as páginas internas, deixando a arte-final para Simon. "Nossos estilos eram diferentes, mas complementares", lembraria Simon mais tarde. "Eu achava que Kirby era um desenhista bom demais para perder tempo com nanquim, então eu cuidava disso. Até pelo fato de a arte-final dele ser meio borrada, e a minha, mais elegante." De qualquer modo, os dois costumavam bolar juntos as histórias, e, no meio dessa produção, mais elementos eram acrescentados no acabamento dos cenários e dos personagens. Na quinta edição de Raio Azul, apareceria o crédito que ficaria famoso em pouco tempo: "Por Simon e Kirby".

TROCA

A dupla nem bem começou a criar novas histórias, quando Martin Goodman, dono de uma editora pequena chamada Timely, localizada no famoso edifício Empire State, convidou Simon para ser seu editor. Goodman admirava o talento artístico e criativo de Simon havia algum tempo, e raciocinou que seria mais vantajoso se a editora produzisse seus próprios quadrinhos, em vez de ficar nas mãos de um estúdio intermediário. Para isso, precisaria de um editor interno que supervisionasse o andamento do trabalho.

Simon, entretanto, só aceitou a oferta após saber que ganharia praticamente o dobro do que recebia no Funnies, e tratou logo de passar serviço para Kirby. Ambos criaram capas e ilustrações para os *pulps* e outros tipos de revistas da editora. Muitas dessas publicações de Goodman e de outras editoras traziam fotos e desenhos de mulheres em trajes sumários, o que acabou por chamar a atenção das autoridades, de olho nos nos "excessos" de tudo que se produzisse de entretenimento para crianças e adolescentes.

De acordo com Simon, o prefeito de Nova York, Fiorello LaGuardia, eleito pelo Partido Republicano, decidiu convocar os donos de editoras ao seu gabinete para dar uma dura: "Caso eu veja sexo ou qualquer porcaria do tipo em suas revistas outra vez, meterei vocês em

Simon e Kirby começaram a ficar conhecidos com a série do Raio Azul.

cana." Isso aconteceu na virada de 1940 para 41, ano em que os Estados Unidos entrariam na Segunda Guerra Mundial – o conflito fora iniciado dois anos antes. Goodman teria se sentido acuado e exigido que a palavra "sexo" sumisse das capas de suas revistas.

Tempos depois, o editor mudaria de postura, quando lançou uma revista em formato magazine chamada *Zippy,* repleta de cartuns picantes. Na capa do número de estreia, pintada por Simon, havia uma mulher glamourosa e cheia de curvas, acompanhada de um sujeito gorduchinho com cara de sacana e vestido de diabo. Ele segurava uma placa em que se destacava a expressão *hot stuff* ("coisa quente" numa tradução literal. Entre outras, uma gíria para mulher muito atraente). "Eu não tenho prova nenhuma, mas sempre imaginei se essa não seria a origem secreta do Brasinha *[Hot Stuff],* o personagem da Harvey Comics", ironizou, Simon.

O início da carreira de Goodman no ramo editorial se deu em 1931, quando ele se juntou a Louis Silberkleit e Maurice Coine para fundar uma editora somente para publicação de revistas *pulp,* chamada Columbia Publications. Após adquirir certa experiência editorial, Goodman saiu da sociedade no ano seguinte e fundou sua própria companhia, a Red Circle. A partir de então, lançou uma variedade grande de revistas de contos policiais, faroeste e mistério. Como, por exemplo, *Star Detective, Western Supernovel Magazine* e *Mystery Tales.*

Ao contrário dos malandrões da National (DC), metidos com o crime organizado, Goodman era realmente um leitor voraz, tornando-se provavelmente o primeiro *publisher nerd* do mercado editorial americano até a década de 1930. Entretanto, com o passar dos anos, os *pulps* começaram a perder público para as revistas em quadrinhos. Se Goodman titubeava em constatar que os leitores pareciam infinitamente mais fascinados pelos gibis cheios de desenhos e cores vibrantes, a dúvida acabou quando o Superman, da National, explodiu nas bancas.

Como era possível uma simples revistinha daquela bater um milhão de exemplares vendidos? Em princípio, Goodman recorreu ao Funnies para comprar histórias prontas e compor suas revistas. Ele vislumbrava o sucesso que sua empresa faria no emergente mercado de quadrinhos e, assim, criou o selo Timely Comics para distinguir seus futuros gibis das demais publicações da casa. O cenário começou a mudar, no entanto, quando o desenhista Bill Everett apareceu para dizer que tinha uma história prontinha para Goodman: um tal Namor, o Príncipe Submarino. Ele explicou que se tratava de um poderoso e exótico soberano

Capa da primeira edição de Red Raven Comics – o estilo agressivo de Kirby começava a ganhar corpo.

do reino submerso de Atlântida, que odiava a humanidade. Era, portanto, um herói ambíguo.

Everett vinha de uma família tricentenária, formada por antepassados importantes da Inglaterra. Desde cedo demonstrou aptidão para o desenho, o que chegava a ser irônico, já que não entendia nada de quadrinhos, preferia a leitura de clássicos da Literatura. "Eu não dava a mínima para gibis, mas como estava faminto, aceitei o serviço na hora." Namor foi criado após Everett ler o poema *A Balada do Velho Marinheiro*, de Samuel Coleridge (1772-1834).

A história em quadrinhos que ele levou era curta, tinha uma das medidas-padrão da época: oito páginas. Ele acabara de criar para a *Motion Picture Funnies Weekly*, uma publicação promocional a ser distribuída em salas de cinema, com patrocínio dos exibidores, mas que não chegou a ser lançada. Goodman topou publicá-la, mas pediu a Everett que acrescentasse mais quatro páginas. A aventura foi programada para ser uma das principais atrações no novíssimo gibi que Goodman estava montando: *Marvel Comics*.

Enquanto isso, se Everett mergulhava nos oceanos para fazer seu personagem, outro artista do Funnies, Carl Burgos, foi pelo caminho oposto, o do fogo. E apresentou Tocha Humana, um ser flamejante e que poderia funcionar como contraponto ao aquático Namor. Na trama, o Tocha era um android criado pelo cientista Phineas Horton, que combatia o crime e assombrava os humanos com sua aparência nada convencional. Esse detalhe pesou na hora de Goodman escolhê-lo para estampar a capa do primeiro número da *Marvel Comics*. A arte foi realizada por Frank Paul, artista que já havia produzido material para os *pulps* da editora.

Para fechar a primeira edição da *Marvel Comics*, entraram o super-herói Anjo, de Paul Gustavson; o caubói Masked Rider, de Al Sanders; e Ka-zar, uma espécie de Tarzan loiro e criado nas selvas por leões – e não macacos, como o famoso personagem da literatura e do cinema. Originalmente escrito por Bob Bird para uma série de três *pulps* que Goodman lançou a partir de 1936, Ka-zar foi adaptado para os quadrinhos por Ben Thompson.

Com data de capa marcando outubro de 1939, *Marvel Comics* 1 chegou às prateleiras dos supermercados e demais pontos de vendas e, em poucas semanas, atingiu a vendagem monstro de 800 mil exemplares. Todos os exemplares se esgotaram por completo. Enquanto a editora lançava uma enxurrada de novos super-heróis, em coletâneas, como *Daring Comics* ou *Mystic Comics,* Namor e Tocha Humana caíam no agrado dos leitores e estrelavam seus próprios títulos. Nesse balaio Simon e Kirby introduziram novos personagens como Red Raven, Marvel Boy e Visão.

Nenhum, porém, de grande expressividade. Mas Goodman estimulava seus autores a mostrarem os heróis enfrentando as forças do Eixo, formadas pela Alemanha, Itália e Japão, na guerra que acontecia naquele momento. A razão para isso é que, por ser judeu, Goodman se sentia incomodado com o avanço do nazismo na Europa e, como consequência, do crescimento de um sentimento antissemita – ninguém sabia ainda dos campos de extermínio. Apesar de esse tipo de história vender bem, o *publisher* sentiu que era necessário um herói que representasse o furor patriótico da nação americana e, ao mesmo tempo, competisse de igual para igual com Capitão Marvel e Superman – na ocasião, os campeões de vendas nas bancas.

CAPÍTULO 3

O NASCIMENTO DE UMA LENDA

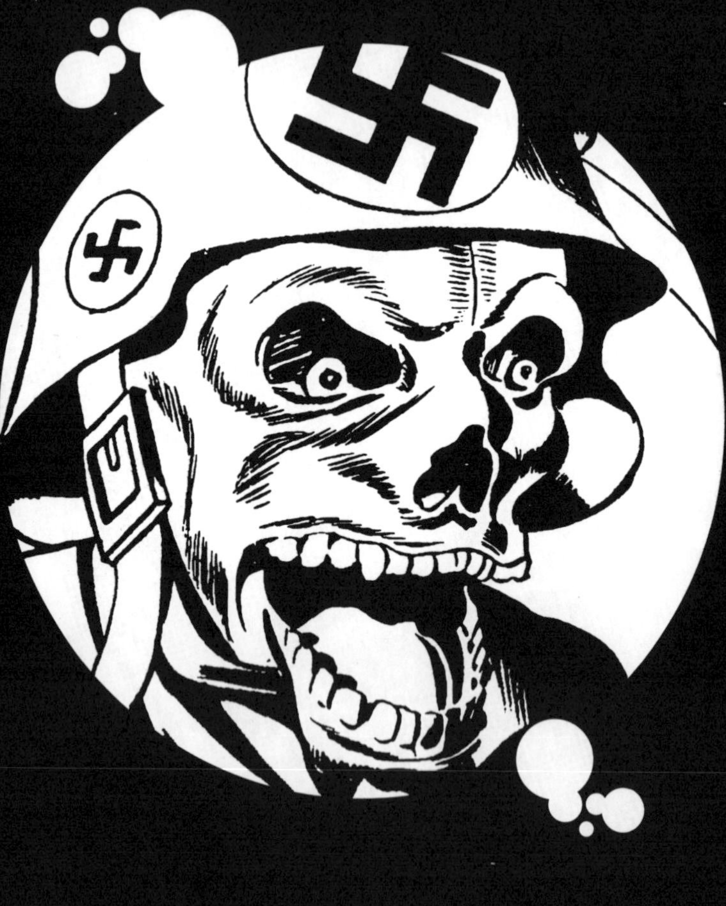

Goodman não sabia, mas Simon e Kirby já tinham uma edição inteira com histórias de um herói patriótico chamado Capitão América. E o editor lhe mostrou imediatamente o primeiro esboço do personagem. "Eu fiz um *sketch* do Capitão com roupa de malha e uma máscara com asas nas laterais, ao estilo Mercúrio, o deus da mitologia romana", recordou Simon, que imaginava seu herói como uma espécie de cavaleiro medieval. "E lhe dei um escudo igual ao dos cavaleiros do Rei Arthur."

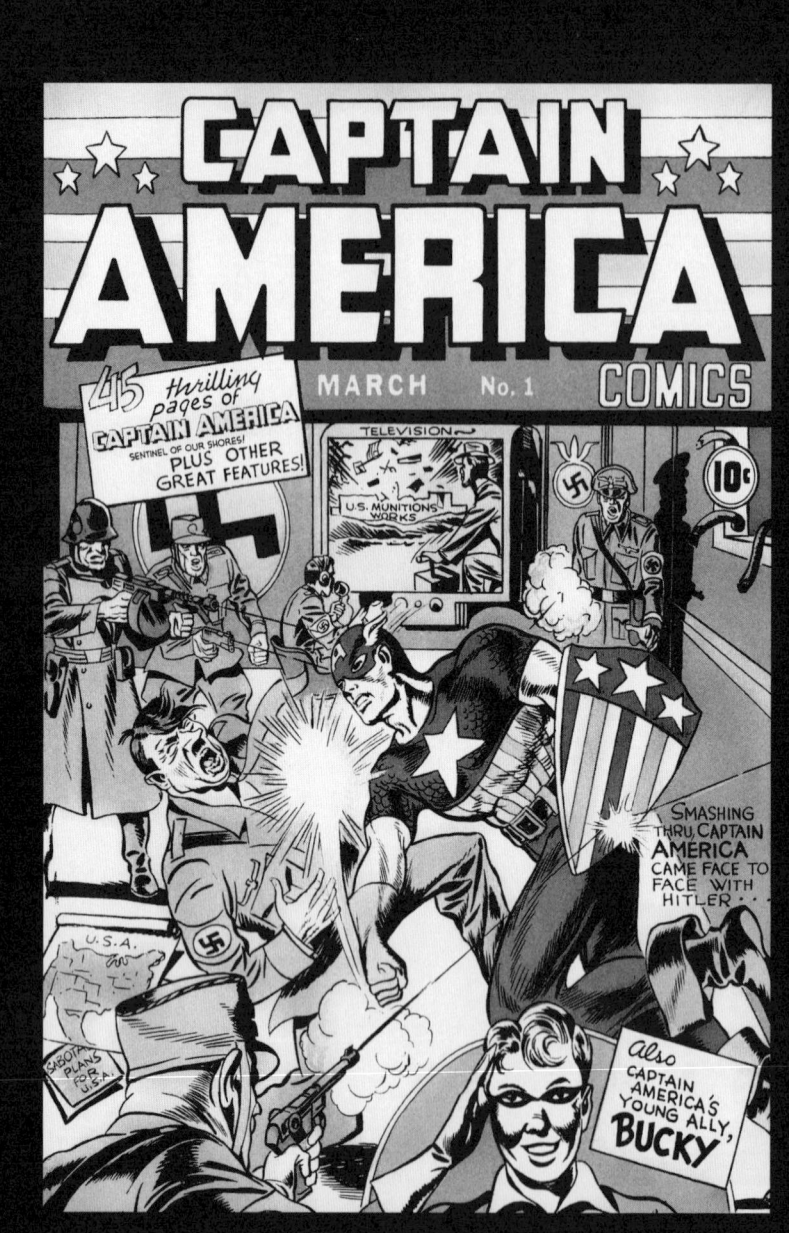

*Hitler foi surrado pelo Capitão América um ano antes
dos Estados Unidos entrarem na Segunda Guerra Mundial.*

Até aquele momento, Simon só aguardava a oportunidade certa para apresentar seu herói. E o fez de uma maneira que não desse a entender que oferecia à Timely um material de gaveta. Goodman simplesmente adorou a história de origem do Capitão América. Nela, o franzino Steve Rogers se oferecia como cobaia em um experimento do Exército dos Estados Unidos, que pretendia criar uma tropa de supersoldados para lutar na guerra. Ao receber a injeção de um soro desenvolvido pelo Professor Reinstein – referência direta a Albert Einstein –, Rogers se transformou numa figura poderosa, no esplendor do vigor físico e mental.

Era, portanto, um super-herói, com força bem acima da normalidade humana. Era a resposta ianque ao Übermensch. Porém, Reinstein foi assassinado por um espião estrangeiro, levando o segredo de sua fórmula para o túmulo. Com isso, nenhum outro supersoldado poderia ser criado. Assim, Rogers assumiu o papel de Capitão América, o defensor do mundo livre. Se, de certa forma, o conceito do Capitão América reverberava os delírios de superioridade de Du Pont, é preciso salientar que sua gênese estava enraizada numa experiência de infância de Simon, quando ainda cursava o primário.

O episódio aconteceu em 1922, quando a classe em que Simon estudava recebeu a visita de um veterano da Guerra Civil Americana (ocorrida entre 1861 e 1865). O homem tinha mais de 80 anos e vestia um uniforme já bem surrado pelo tempo. A professora o apresentou simplesmente como "O Soldado". Mas, para Simon, aquele homem representava bem mais do que isso: "Era o meu primeiro contato com uma lenda viva." Em seguida, o veterano desfraldou uma enorme bandeira, semelhante àquela usada no funeral do presidente Lincoln, arrancando aplausos esfuziantes da turma.

A professora explicou, em seguida, que o Soldado estava ali para dar uma mensagem às novas gerações. Mas, em vez de falar demoradamente, tudo o que ele fez foi estender sua mão para cada um dos alunos e dizer: "Aperte a mão que apertou a mão de Abraham Lincoln." A professora se posicionou num canto da sala e fez um gesto para os alunos, insinuando que o velho era caduco. Mas Simon e seus amiguinhos ignoraram a falta de respeito dela, enquanto apertavam, com orgulho, a mão calejada daquele grande herói americano. E não terminou aí.

Animado pela boa receptividade da classe, o veterano começou a cantar *Boys the Old Flag Never Touched the Ground*, uma antiga música patriótica. Ele continuou cantando e marchando em direção à porta e, mesmo depois de ter saído da sala, os alunos, de maneira frenética, ainda aplaudiam, assoviavam e davam socos no ar. Simon, por sua vez, estava com os olhos injetados e sentindo um nó na garganta de tanta emoção. Naquele exato momento, o Capitão América começava a nascer no coração acelerado de um garoto de 9 anos de idade.

Algo que se tornou tradicional no alvorecer dos gibis de super-heróis foi o personagem principal ter um ajudante mirim. Todos os grandes ganharam um coadjuvante assim. Nunca ficou claro qual era o propósito, mas pareceu ter funcionado. Atento a isso, Simon introduziu o adolescente Bucky Barnes, mascote do quartel onde Steve Rogers se fazia passar por recruta trapalhão. Curiosamente, "Bucky" era o apelido de Morris Pierson, um amigo de adolescência de Simon, como ele lembrou depois.

Até então, era normal também que as editoras lançassem personagens em revistas de antologia. Foi assim com Superman em *Action Comics;* Batman em *Detective Comics;* e até mesmo com Namor e Tocha Humana, em *Marvel Comics*. Mas a confiança de Goodman no potencial do Capitão América era tamanha que ele lhe deu de cara um título próprio: *Captain America Comics*.

A data de capa da edição de estreia marcava o mês de março de 1941. Não restariam dúvidas, porém, que a revista chegou às bancas três meses antes, em dezembro de 1940 – é que nos Estados Unidos, essas datas impressas nas capas indicavam quando o gibi seria recolhido das prateleiras. A revista era ousada em vários sentidos, a começar pela capa, que mostrava o herói socando Adolf Hitler. Simon lembraria assim: "Eu queria um vilão da vida real na série, e achei que Hitler, com aquele cabelo e bigodinho idiotas, tinha o apelo caricato ideal."

A imagem se tornaria icônica e, ao mesmo tempo, profética, pois, exatamente um ano depois, os Estados Unidos entrariam oficialmente na Segunda Guerra Mundial, após sua base naval em Pearl Harbor, no Pacífico, ser bombardeada pelos japoneses. O número 1 superou as melhores expectativas. E se tornou um fenômeno de vendas, esgotando instantaneamente quase um milhão de exemplares.

Uma curiosidade era que a revista também fazia propaganda do fã-clube Sentinelas da Liberdade, com o próprio Bucky conclamando os leitores a se posicionarem contra os "inimigos da liberdade". Para se tornar uma sentinela, bastava enviar 10 *cents* pelos Correios e esperar para receber, via correspondência, um cartão de admissão e um crachá descolado, no mesmo formato do escudo do Capitão América. Em poucos meses, o fã-clube havia angariado mais de 20 mil sócios.

Mesmo ainda com pouca experiência editorial, Simon soube conduzir *Captain America Comics* e os outros títulos da editora com competência. "Eu precisava ganhar a vida. Era um período difícil, com muitos sem-tetos pelas ruas", afirmaria, com orgulho. "E ainda consegui firmar um acordo para ficar com vinte e cinco por cento dos lucros do Capitão América, e repassei uma parte desse montante para Kirby." Além disso, o parceiro foi efetivado como diretor de arte da Timely. Logo em seguida, Simon trouxe mais artistas para ajudar na produção, que era muito intensa.

Na realidade, desde o começo, a dupla contou com colaboradores talentosos, sem dúvidas. Como Reed Crandall, Syd Shores, Al Avison, Al Grabielle e Alex Shomburg – embora, nos créditos, só aparecessem os nomes de Simon e Kirby. O amigo de infância Martin A. Burnstein também participou da elaboração de algumas HQs do Capitão. Como Burnstein ficou pouco tempo fazendo quadrinhos, muita gente pensou depois que seu nome fosse apenas mais um pseudônimo usado por Kirby em seu início de carreira.

O roteirista Ed Herron foi outro a escrever um bom número de histórias para o título. Ele ajudou a bolar o horrendo Caveira Vermelha, o principal inimigo do Capitão, e que viria a se tornar um dos supervilões mais famosos de todos os tempos. O nome do personagem pode ter sido surrupiado de uma aventura de Doc Savage lançada em 1933: *"The Red Skull"*. Herron também ficaria marcado nas HQs pela criação do Capitão Marvel Jr., para a Fawcett, em parceria com o artista Mac Raboy, também em 1941.

Uma das principais razões para se ter tantos auxiliares, era a demanda que não parava de aumentar. Afinal, as revistas na época tinham 68 páginas, praticamente o dobro do que trariam os gibis americanos, a partir dos anos 1950. Kirby dizia que ele sozinho daria conta de tudo, de que Simon não duvidava, mas havia uma pressão do próprio Goodman para que outros desenhistas e roteiristas fossem contratados, porque a intenção era lançar mais títulos novos. Novas cabeças, novas ideias, portanto.

E foi assim que ele começou a formar uma editora com potencial de crescimento impressionante. À frente, o Capitão América. "O que nós não sabíamos era que estávamos fazendo uma versão atualizada do Tio Sam *[com o Capitão América]*. Ele não usava mais sobrecasaca nem tinha

Vilões asiáticos eram uma constante nas HQs do Capitão América.

mais a barba. Tio Sam era agora um superacrobata que podia lutar com dez caras, que era algo que eu sempre fantasiei", refletiu Kirby, ao falar sobre o modo como desenhava o Capitão América. "Eu coreografava. Eu não era mais um brigador de rua. Eu era um coreógrafo."

Kirby se revelou uma verdadeira usina de força criativa e se destacou dos demais desenhistas. "Antes de Kirby, os quadrinhos eram feitos de um jeito, mas, depois do Capitão América, todos passaram a imitá-lo", afirmou Simon. O jeito dramático que ele compunha as cenas de luta, e a inclusão de páginas duplas davam sinais de sua genialidade, e o quanto ele ainda tinha a oferecer aos quadrinhos em termos visuais. "Eu desenhava cerca de nove páginas por dia. Creio que era por isso que minhas figuras pareciam distorcidas", explicou o desenhista posteriormente. "Meus instintos diziam que os personagens tinham de parecer poderosos. Eu queria retratar a espécie humana em seu ápice."

PLÁGIO?

Indiferente ao talento de Kirby, o pessoal da editora MLJ (sigla com as iniciais de Maurice Coine, Louis Silberkleit e John L. Goldwater) ficou possesso e ameaçou processar Goodman por plágio. Aconteceu porque a editora já havia lançado um super-herói patriótico chamado Escudo, criado pelo roteirista Harry Shorten e pelo desenhista Irv Novick. Escudo estreou em *Pep Comics* 1, lançada em janeiro de 1940 – quase um ano antes do Capitão. O ideal do Übermensh também se fez presente nesse caso, quando o químico Joe Higgins desenvolveu uma fórmula que, aplicada em partes específicas de sua anatomia, conferiu-lhe superforça, invulnerabilidade e capacidade de dar grandes saltos.

Escudo vestiu um traje com adereços da bandeira americana, tornou-se um agente do FBI, e passou a combater espiões estrangeiros. Simon e Kirby notaram que o formato triangular do escudo do Capitão América era parecido com a parte da frente do traje do herói da concorrente e decidiram mudar sua forma para circular já na segunda edição. Parecia uma solução boba, mas, para surpresa deles, a MLJ aceitou e abandonou a ideia do processo. Só mais tarde souberam que o "M" da sigla MLJ era a inicial de Maurice Coine, o mesmo que havia sido sócio de Goodman na Columbia Publications. Simon suspirou: "Que mundinho mais incestuoso esse dos quadrinhos." A partir de 1946, a MLJ mudaria sua razão para Archie Comics, devido ao sucesso de sua linha de quadrinhos juvenis liderada pelo personagem Archie Andrews.

Embora o pano de fundo nas tramas fosse o conflito bélico mundial, as histórias do Capitão América trafegavam por temas distintos, como terror, suspense e humor, entremeados pela mais explícita violência. E os vilões muitas vezes chegavam a ser mais diabólicos que Caveira Vermelha. Como nos casos dos horrendos Anciões Orientais, do corpulento Ivan, o Terrível; do traiçoeiro Carrasco; do monstruoso Gorro; e do Mestre do Picadeiro. E, além da estrela principal, o gibi também trazia outras histórias de personagens como Hurricane, Tuk, o Garoto da Caverna e Caçador de Manchete – este último, escrito por um garoto de 19 anos chamado Stan Lee.

Lee, aliás, seria de importância capital para transformar Kirby em uma lenda na história das histórias em quadrinhos. Nascido em 28 de dezembro de 1922, em Nova York, em sua certidão de nascimento constava o nome Stanley Martin Lieber, filho de imigrantes judeus romenos que, assim como outros milhares de estrangeiros, vieram para a América – a Terra Prometida da Era Contemporânea – em busca de uma vida mais próspera. Stanley passou a adolescência toda fazendo pequenos bicos para ajudar no orçamento apertado de casa, assim como Kirby, naqueles difíceis anos de recessão.

Após se formar no colégio, porém, concluiu que precisava de um serviço mais estável, e seu tio Robbie Solomon o recomendou para o pessoal da Timely, a editora onde trabalhava. Stanley foi contratado por Joe Simon como uma espécie de office boy, com salário de oito dólares por semana – típico para quem estava começando na vida. Não por acaso, passava a impressão de que ajudou a conseguir o trabalho o fato de Martin Goodman ser casado com uma prima de Stanley. Mas não havia intimidade entre eles, a não ser um ou outro encontro familiar. Eles só acabariam se conhecendo, de verdade, com o convívio diário na redação.

Quase que de imediato, Kirby não gostou de Stanley, embora o garoto não tenha percebido isso quando o desenhista lhe ofereceu um charuto, ao serem apresentados. Ele recordou depois: "Minha lembrança é de Jack desenhando, fumando e resmungando. Ou talvez balbuciando. Como a fumaceira era demais, nunca consegui chegar perto o suficiente e descobrir se ele resmungava ou balbuciava." Para Kirby, o garoto era intrometido e tagarela, e concluiu que ele só poderia estar ali por ser parente do dono. "Eu o achava um chato! Ele estava sempre por perto, abrindo e fechando portas para você. Certa vez, até pedi para o Joe expulsá-lo da sala. Ele era uma praga."

Apesar da implicância de Kirby, Simon botou o garoto para trabalhar, como era sua obrigação. No começo, Stanley apagava as marcas de lápis nos originais já finalizados com nanquim. Como era bom em redação, passou também a revisar os textos das histórias. Por ser esforçado e aprender rápido, Simon o promoveu a assistente de editor e publicou um texto em prosa do jovem em *Captain America Comics* 3. Seria sua estreia oficial como escritor e Stanley assinou com o pseudônimo "Stan Lee", com o qual ficaria conhecido na indústria dali em diante.

Sua ascensão continuou. Em seguida, Stan começou a roteirizar histórias em quadrinhos secundárias e a criar seus próprios super-heróis – Father Time, Black Marvel e Destroyer, entre outros –, que acabariam por compor o *mix* de várias revistas da casa. E ainda inventou que o escudo do Capitão América, ao ser lançado, voltaria às suas mãos feito um bumerangue. Simon adorou a ideia. Stan começava a soltar suas asinhas. Ninguém podia imaginar, naquele momento, entretanto, que sua força criativa fosse imensa. Era preciso esperar mais duas décadas.

Enquanto isso, Kirby e Simon não dispensavam convites de outras editoras. No final de 1940, fizeram uma HQ do super-herói Black Owl – um Batman genérico criado por Robert Turner e Peter Riss – para a editora Prize (futura Crestwood Publications). Não era uma questão de ganância, a dupla apenas tinha por meta não perder chance alguma de ganhar um dinheiro extra. Com isso em mente, sempre que pintava uma folga entre as edições do *Capitão América*, eles pegavam um serviço fora da Timely. A toque de caixa, também produziram a primeira edição inteira de *Captain Marvel Adventures,* para a Fawcett, em 1941.

Em parte, isso acontecia porque Simon entendia que Goodman os estava enrolando quanto à repartição dos lucros do Capitão América. Simon decidiu ir para as cabeças e entrou em contato com Jack Liebowitz, da DC. A possibilidade de contar com a dupla sensação do mercado fez com que Liebowitz oferecesse aos rapazes uma nota preta, além de pagamento de *royalties* baseado nas vendas. "Nós topamos, e tratamos logo de pensar em novos personagens", comentou Simon. "Em seguida, alugamos um quarto de hotel para usá-lo como estúdio."

A intenção era esconder de Goodman que estavam trabalhando para a concorrência. De início, assumiram as histórias do super-herói

*Um vislumbre de como poderia ser o
Batman feito por Kirby, em 1940.*

"Quer ver os meus desenhos?", disse o vizinho.

Sandman, criado por Gardner Fox, pois ainda não tinham se decidido qual de suas novas criações apresentariam primeiro ao pessoal da DC. "Pensamos num personagem chamado O Jovem Sherlock Holmes, ou algo assim, mas a ideia não evoluiu, e acabamos jogando fora os esboços. Caramba! Como eu queria tê-los guardado", lamentou Simon.

Como eles passavam muito tempo no hotel, a turminha na Timely começou a ficar desconfiada. Um dia, Stan Lee decidiu segui-los e descobriu o que estavam fazendo. Ele jurou segredo. Alguns dias depois, na redação da editora, enquanto a dupla produzia a edição 10 de *Captain America Comics*, foram convocados por Abe e Dave Goodman, irmãos de Martin, que não estava presente – tampouco Stan. "Vocês não foram honestos com a gente. Estão trabalhando para a DC", bronquearam. "Que vergonha! Assim que terminarem essa edição do Capitão América, vocês estarão demitidos." Os dois sentiram-se humilhados, mas concordaram em terminar o serviço.

Décadas depois, num painel de uma convenção de quadrinhos, Stan lembraria em tom de brincadeira que após Simon e Kirby partirem, Goodman teria dito – em referência ao volume elevado de produção da dupla: "Ei, onde está o restante dos meus funcionários?", e que em seguida perguntou a Stan se ele podia substituir Simon como editor até que um adulto fosse contratado. Stan aceitou, claro. "Quando se é jovem, a gente acha que pode tudo." E assim ficou no cargo pelos próximos 30 anos; exceto por um pequeno período, quando serviu o exército e Vince Fargo ocupou o seu lugar.

Em vez de culpar Stan, a teoria de Simon para o ocorrido foi que alguns autores invejosos descobriram que eles produziam para a DC e decidiram contar aos Goodman. Mas Kirby pensava diferente e sabia exatamente que nome culpar por aquilo, mesmo sem provas. "Jack sempre achou que o Stan havia dedurado a gente", afirmaria Simon. "Isso nunca saiu da cabeça do Jack, e ele odiou Stan até o último dia de sua vida."

Mas o coração de Jack Kirby não era apenas tomado pelo ódio. Havia lugar também para o amor. E esse amor se chamava Rosalind Goldstein, uma garota do Brooklin. Roz, como era mais conhecida, nasceu em 25 de setembro de 1922. Assim como Kirby, veio de uma família pobre. O pai era alfaiate e a mãe trabalhava com confecção. Roz teve uma infância dura, sofria de asma e passou a maior parte do tempo de cama. Ao ficar mocinha, arrumou emprego como desenhista de lingerie. Quando o valor do aluguel ficava impraticável, a família Goldstein se mudava para outra vizinhança. Numa dessas mudanças, eles alugaram a parte de cima de uma casa de dois andares. A família de Kirby morava embaixo, há pouco tempo também no Brooklin.

"A primeira vez que vi o Jack, ele estava jogando *stickball*[5] com seus amigos. Nossos pais estavam conversando, quando ele se aproximou de mim e disse: 'Quer ver os meus desenhos?', e eu respondi que sim. Que mal haveria, né? Nossos pais estavam lá fora", lembrou Roz. "Foi a primeira vez que vi o Capitão América. Eu nunca tinha lido antes um gibi na vida." Não foi difícil para a garota de 17 anos se encantar com o vizinho artista, com panca de durão e cinco anos mais velho, e logo começaram a namorar.

Os meses passaram e, durante o verão de 1940, Roz começou a ficar apreensiva com a indefinição do namorado sobre casamento – o que ela tanto queria, pois sentia que os dois estavam apaixonados. E estava certa quanto aos sentimentos do jovem desenhista. "Achei que ele ia me enrolar, mas, no dia do meu aniversário de 18 anos, ficamos noivos." Depois disso, foi uma correria para os preparativos de casamento, realizado no dia 23 de maio de 1942. Simon não foi convidado. "Foi uma cerimônia simples, só para familiares", lembraria o sócio.

Enquanto a Timely dava sequência às HQs do Capitão América – sem os seus criadores e sem o mesmo brilho –, Joe Simon e Jack Kirby produziam a todo vapor na concorrência. Em *Star-Spangled Comics* 7, de abril de 1942, por exemplo, eles introduziram a Legião Jovem, um grupo de garotos jornaleiros que se metia em encarrascas mil, no Beco do Suicídio, bairro barra-pesada de Metrópolis. A turminha era protegida pelo policial Jim Harper, que se disfarçava de Guardião, um tipo de Capitão América urbano, que se defendia com um escudo e atacava com os punhos. O conceito primal da série refletia, de maneira fantasiosa, a juventude violenta de Kirby no Lower East Side.

Nesse mesmo mês, os dois parceiros recriaram o personagem Caçador (Manhunter), de Ed Moore. O Caçador era a alcunha do esperto investigador particular Paul Kirk. Porém, na versão de Simon e

---

5. Stickball é uma adaptação do jogo de beisebol praticada na rua.

Kirby, ele foi transformado em Rick Nelson, um combatente do crime uniformizado, cuja estreia se deu em *Adventure Comics* 73. Só que um editor na DC – cuja identidade se perdeu no tempo – resgatou o antigo nome de Paul Kirk na edição seguinte, mandando o "Rick Nelson" para o limbo do esquecimento.

Certo dia, Jack Liebowitz ofereceu um almoço a Kirby e a Simon em um suntuoso restaurante havaiano. Entre os presentes também estavam alguns editores da DC, como Mort Weisinger, Jack Schiff e Whitney Ellsworth, além de Jerry Siegel – então uma celebridade por ter criado o Superman. "Acho que o Liebowitz queria nos impressionar, mas não deu muito certo", lembrou Simon. Ele observou ainda: "Cada um estava lá contando vantagem e dando palpites, mas foi Kirby quem teve a melhor ideia de todas: ele pediu três sobremesas."

A essa altura, Simon conhecia Kirby melhor que ninguém. E sabia que o parceiro não era de falar, mas de agir. Ele estava convencido a investir na criação de grupos de garotos, de heróis mirins, na certeza de que isso atrairia mais leitores. A popularidade de Bucky e Legião Jovem foi o argumento que convenceu a cúpula da DC que a ideia era boa – ou melhor, excelente. E, desse modo, nasceu o Comando Juvenil, cujo batismo original era Boy Commandos.

A equipe era formada por garotos órfãos de várias nacionalidades, liderada pelo Capitão Rip Carter, que enfrentava com coragem os nazistas. Por mais absurda que a premissa pareça hoje, Boy Commandos foi um sucesso absoluto. Após a estreia, nas páginas de *Detective Comics* 64, em junho de 1942, o grupo apareceu em outras edições e revistas, até ganhar seu próprio título, em dezembro daquele ano. Há relatos históricos de que Boy Commandos agradou tanto que só perdia para *Superman* e *Batman* em vendas, com mais de um milhão de exemplares vendidos por edição.

A série começou trimestral, e logo passou para bimestral, contando com diversos colaboradores. Entre eles, futuras estrelas das HQs como Gil Kane, Curt Swan e Carmine Infantino. Mais do que nunca, esse tipo de assistência era algo necessário, já que, além do volume de trabalho ser alucinante, Simon e Kirby foram convocados para servir o país na guerra, em 1943. Em todo o tempo que Simon e Kirby estiveram ausentes, a DC, como prova de boa-fé, continuou enviando cheques de *royalties* aos dois. Uma preocupação a menos para Kirby, já que Roz não ficaria desamparada.

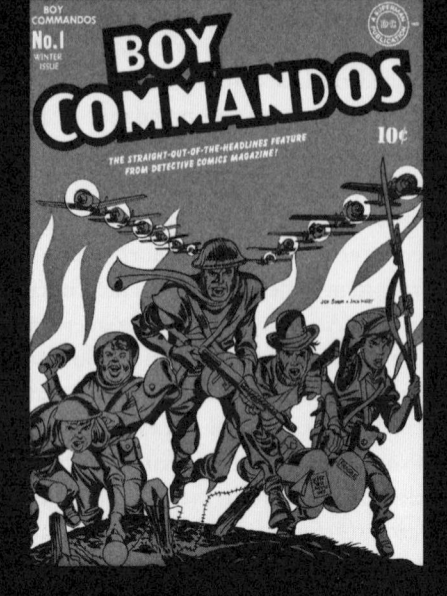

*Nas mãos de Simon e Kirby, qualquer coisa vendia:
até gibis com garotos enfrentando marginais e nazistas.*

GUERRA!

Ao se alistar, Joe Simon foi designado para servir na Guarda Costeira americana, enquanto Jack Kirby foi para o Exército. Em agosto de 1944, Kirby embarcou para a Europa, para servir na 11ª Infantaria do Terceiro Exército, sob o comando do controverso General George Patton, e esteve entre os que desembarcaram na Normandia. Poderia ter morrido naquela operação, que mudou o rumo da guerra. Mas saiu inteiro. Ao analisar por esse ângulo a experiência de tensão e perigo que viveu, dá para considerar que o espírito do Capitão América participou da maior invasão marítima da história da humanidade que livraria a França do jugo nazista.

Apesar do ambiente hostil e de ter visto coisas horríveis, Kirby lembraria com bom humor que ninguém no Exército dava a mínima para seus dotes artísticos – ou quase ninguém. Durante uma campanha no Nordeste daquele país, um tenente lhe disse: "Kirby, se você desenhou o Capitão América, então você é um artista." Ele respondeu: "Sim, sou mesmo." Não ouviu o que esperava: "Pois, então, pegue este mapa do Rio Mosela e marque com uma cruz a posição dos tanques inimigos."

O criador do maior herói dos quadrinhos naqueles tempos de guerra, enfim, não usufruiu de nenhuma vantagem por causa disso. Teve de ser apenas mais um soldado no front. Depois de tanto tempo nas trincheiras congelantes dos campos europeus durante o inverno – não informou quantos inimigos abateu com seu fuzil –, Kirby acabou hospitalizado, com as pernas quase congeladas, devido ao frio rigoroso. Foi quando recebeu a visita do editor da DC, Murray Boltinoff. "Assim que você tiver alta, vamos curtir à beça em Paris", prometeu Boltinoff, já perto do fim do conflito. "Vai para o inferno! Eu quero voltar para casa", teria praguejado o rabugento Kirby.

O lançamento de *Boy Commandos* também coincidiu com a criação do Conselho de Guerra dos Escritores, uma organização civil, porém, financiada pelo Tesouro americano, com a missão de promover sua política de guerra e, no processo, angariar fundos. Foi presidida pelo escritor Rex Stout (1886-1975), respeitado e cultuado autor de vários *pulps* policiais. Como o próprio nome induzia, caberia aos escritores americanos, de qualquer segmento, disseminar, por meio de suas obras, a falsa noção de que não havia distinção entre o

O supersoldado com sua amada.

povo alemão e o partido nazista, e que medidas drásticas precisavam ser tomadas contra aquele país.

Não há registro de que algum roteirista de HQs tenha participado ou sido orientado pela cartilha do Conselho. Com certeza, no entanto, os donos das editoras, de olho no aumento colossal em seus lucros, instigavam seus contratados a demonizar as nações que formavam o chamado Eixo – composto de países controlados por regimes autoritários, principalmente Alemanha e Itália. Era só olhar as capas dos gibis – como os de Namor socando os japoneses, com suas expressões faciais demoníacas – para não termos qualquer dúvida de quão engajadas estavam as editoras.

Os números provavam isso: quando a Segunda Guerra Mundial teve início, 15 milhões de gibis eram impressos por mês nos Estados Unidos, ao passo que, com a entrada do país no conflito, o número quase dobrou: nada menos que 25 milhões passaram a ser vendidos – e até pouco depois de 1945, com o fim do conflito, o gráfico de venda acusava mais de 60 milhões de revistinhas consumidas todos os meses. O título do Capitão América, sozinho, ultrapassou a marca de um milhão de exemplares durante meses seguidos.

Os quadrinhos tornaram-se o canal adequado para se veicular o espírito patriótico entre os jovens da nação. O maior cliente das editoras era o próprio Exército americano, que comprava lotes inteiros de revistas para distribuir em seus quartéis e no além-mar, nos campos de campanha. Diziam que a intenção era apenas levar um pouco de entretenimento à caserna. A verdade, porém, era que os gibis funcionavam como uma espécie de cartilha motivacional, já que as proezas dos heróis enfrentando sabotadores e espiões inimigos inspiravam os soldados.

Coincidência ou não, com o final da Segunda Guerra, as tiragens dos gibis de super-heróis caíram de maneira drástica. Sem os nazistas e kamikazes para enfrentar, muitos super-heróis perderam o sentido e suas revistas deixaram de circular – incluindo nesse balaio a *Boy Commandos*. O incentivo à leitura de gibis, naqueles anos todos, surtiu também um efeito positivo, pois fortaleceu o gosto da juventude pelos quadrinhos. Coube às editoras investirem em outros gêneros de HQs, e Simon e Kirby, de volta ao batente, fariam essa transposição sem maiores dificuldades, e com a categoria e o profissionalismo de sempre. Mas uma tempestade desabaria sobre o mercado na década seguinte.

RETOMADA

Em 6 dezembro de 1945, nasceu Suzan, a primeira filha de Roz e Kirby. O pai estreante ficou exultante com a novidade. Em tom patriótico, observou: "Esse é o estilo americano: lute na guerra, volte e comece a sua família." Pouco depois, em 3 de junho do ano seguinte, Joe Simon se casou com Harriet Feldman. O primeiro filho deles, Jon, nasceria em 14 de abril de 1947. A essa altura, as duas famílias já haviam se tornado vizinhas. Kirby ganhava bem como artista de quadrinhos, o que lhe proporcionou comprar uma casa em Long Island.

A amizade dele com o parceiro só se fortaleceu nessa época. "Foi quando Joe Simon comprou uma casa do outro lado da rua", lembrou Roz. Simon e Harriet ainda teriam mais um filho e três filhas; enquanto Kirby e Roz, mais duas meninas, Barbara e Lisa, além de um menino, Neal. Foi um período muito agradável na vida das duas famílias, de amizade,

Gibis românticos, uma grande sacada de Kirby e Simon.

cumplicidade e parcerias na rotina de ambos. A América, vencedora da guerra, vivia seu esplendor econômico. As crianças brincavam na rua, os adultos faziam caminhadas pelo bairro, todos iam tomar sorvete e viajavam juntos à praia.

A vida não podia ser melhor e mais próspera para os dois amigos. Os rapazes montaram estúdios em seus respectivos sótãos, e viviam atravessando a rua para conferir o que outro estava fazendo. Não faltava trabalho. Pelo contrário. E a imaginação dos dois dava o tom. Tudo seria perfeito, exceto pelos charutos. "Quando Joe fumava, Jack também fumava. Eles empesteavam a casa. Minhas paredes eram amareladas, minhas cortinas eram amareladas, os livros todos eram amarelados", reclamou Roz.

Apesar de trabalhar em casa, as crianças nunca foram um empecilho para a produtividade de Kirby. Por causa de uma peculiaridade sua. Como ele gostava de desenhar somente à noite, passava o dia ajudando Roz a cuidar dos filhos. Era, portanto, um pai dos mais presentes. "Ele tinha muito mais paciência com as crianças do que eu. Jack só começava a desenhar depois que todo mundo tinha ido dormir", comentou a esposa. "Ele costumava ficar na prancheta até as três ou quatro da madrugada. Muitas vezes eu acordei, com o sol entrando pela janela, e ele ainda desenhando."

O mundo dos quadrinhos, nessa época, começava a mudar bastante. Editoras sumiram, outras surgiam e algumas ganharam força, ao se adaptarem às novas necessidades de mercado. Alfred "Al" Harvey Havia fundado a Harvey Comics em 1941, e passara a chamada Era de Ouro publicando gibis de personagens licenciados de programas de rádio e das tiras de jornal, tal quais o Besouro Verde, Blondie e Dick Tracy. Nos próximos anos, ao longo da década de 1940, investiria em personagens infantis de enorme sucesso comercial, inclusive nos desenhos animados: Gasparzinho, o Fantasminha Camarada, Bolota, Tininha e Riquinho, entre outros.

As crianças, assim, voltaram a ter a atenção que recebiam nos tempos em que os quadrinhos estavam restritos às páginas de jornais e não existiam ainda as revistas em quadrinhos. Harvey também era amigo de Joe Simon, e foi muito persuasivo em convencê-lo a sair da DC e começar a trabalhar em sua editora, com uma oferta salarial mais vantajosa. Kirby topou ir junto, pois tinha plena confiança nas decisões comerciais do sócio. "Foi um momento triste ter de contar a Liebowitz que nós não iríamos renovar o contrato com a DC. Eu gostava dele, mas negócios são negócios", lamentou Simon.

Kirby, Simon e esposas, num dos felizes finais de semana em Long Island.

Simon e Kirby em 1950, produzindo o faroeste Boys' Ranch.

De 1946 a 1953, a dupla produziu diversos tipos de quadrinhos para a Harvey Comics. Insistiu, mais uma vez, em grupos de garotos aventureiros em *Boy Explorers Comics* e no faroeste *Boy's Ranch*; e nos super-heróis Stuntman e Captain 3-D (uma das primeiras tentativas de se publicar gibis com óculos em três dimensões). Mas todos esses tiveram vida curta nas bancas. As coisas simplesmente não estavam dando certo. "Nós éramos muito leais ao Harvey, mas fomos forçados a nos aproximar de outras editoras. Era tudo uma questão de negócio", justificou-se Simon.

Logo, os dois estavam produzindo em paralelo para outras empresas e as coisas começaram a dar certo. Inspirados pela revista feminina *True Story,* da tradicional MacFadden Publications, repleta de confissões amorosas, Simon e Kirby tiveram a ideia de lançar histórias em quadrinhos românticas, voltadas para o público feminino, até então subestimado como leitoras de quadrinhos. Com data de capa que marcava outubro de 1947, foi lançada *Young Romance* 1, pela Prize Comics, então transformada num selo de HQs da Crestwood Publications. Cheia de histórias açucaradas, a edição teve um sucesso arrebatador e foi reimpressa mais duas vezes, com tiragens ainda maiores.

Não demorou e todas as outras editoras estavam lançando seus gibis de amor, embora nenhum deles vendesse tanto – mais de um milhão, por edição – como *Young Romance*. Simon estava tão certo que a revista ia estourar que pediu uma participação de cinquenta por cento nos lucros para ele e Kirby. Os donos da editora toparam, pois não acreditavam que um gibi de romance pudesse vender tanto. A dupla de quadrinistas ria à toa com a dinheirama que começou a cair em suas contas bancárias. "Joe estava preocupado em ter um bom produto. Ele sabia que eu podia escrever uma bela história, enquanto ele cumpria sua função de manter um bom relacionamento com as editoras", disse Kirby.

Os dois estariam envolvidos com o título pelos próximos cinco anos, mesmo não produzindo todas as tramas. A partir de determinado momento, fotos com modelos passaram a estampar as capas e outros artistas assumiram as histórias – até que, em 1963, o título seria vendido para a DC Comics. Ainda pela Prize, os parceiros também emplacaram o gibi policial *Justice Traps the Guilt,* lançado um mês depois do primeiro número de *Young Romance* chegar às bancas; e *Black Magic,* de outubro de 1950, uma antologia com casos macabros – talvez um prenúncio de que a nova década seria um verdadeiro horror para os quadrinhos americanos.

CAPÍTULO 4

TEMPOS DE CENSURA E RENOVAÇÃO

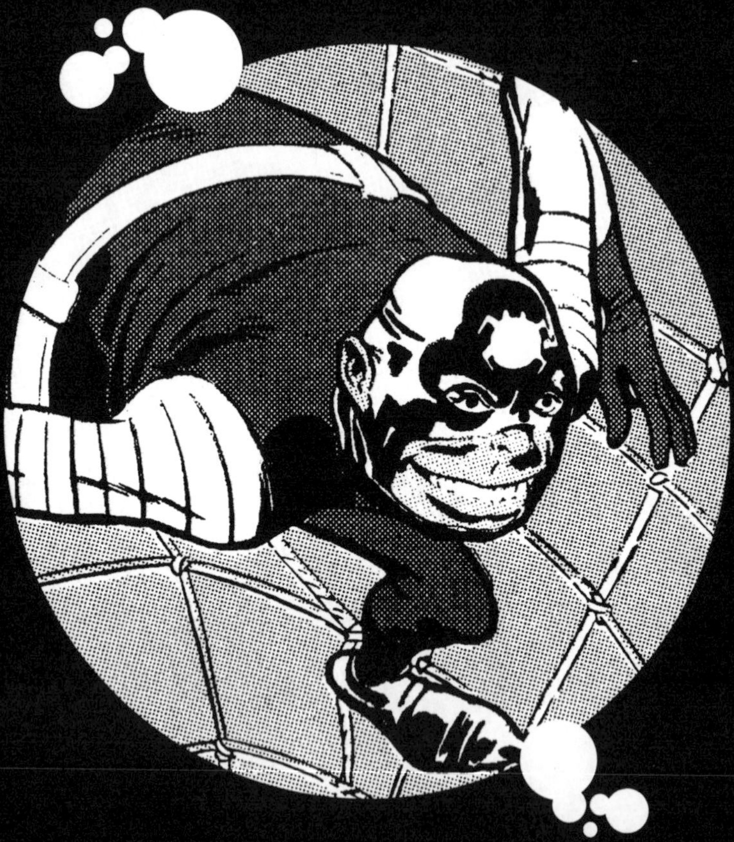

No começo dos anos 1950, a onda entre os leitores masculinos, principalmente os adolescentes, eram os quadrinhos de terror e ficção científica da EC Comics, propriedade de William Maxwell "Bill" Gaines, herdeiro de Max Gaines[6]. A Educational Comics agora era chamada Entertaining Comics – assim, pôde aproveitar a sigla anterior, "EC". Junto com os editores Al Feldstein e Harvey Kurtzman, Bill Gaines emplacaria uma série de títulos de estrondoso sucesso junto aos meninos, como *The Vault of Horror*, *Tales from the Crypt* e *The Haunt of Fear*.

Essas revistas apresentavam trabalhos de alguns jovens que se tornariam os melhores autores do meio: Jack Davis, Wally Wood, Joe Orlando, Al Williamson, Frank Frazetta e Reed Crandall. Sempre na rebarba do sucesso alheio, a Timely também conseguiu emplacar diversos títulos nas prateleiras nos passos do terror sobrenatural: *Strange Tales, Suspense, Journey Into Mystery* e *Uncanny Tales* – todos sob a batuta de Stan Lee, que não fez feio, mesmo não contando com colaboradores tão talentosos como os da concorrente EC.

Nessa época, na virada para a década de 1950, Martin Goodman havia mudado de endereço. Agora, sua editora estava localizada na Madison Avenue e, desde 1951, passara a ser conhecida pelos leitores como Atlas Comics, nome derivado de sua própria distribuidora. O logo em forma de globo estampado nas capas também servia para distinguir sua linha de quadrinhos das outras publicações da casa, como as revistas masculinas – para leitores adultos – ou de variedades. Em todo esse tempo, Stan nunca desistiu completamente dos super-heróis.

De vez em quando voltava a investir no gênero. Como no lançamento de *Marvel Boy* 1, em dezembro de 1950, em parceria com o desenhista Russ Heath. A série não vingou, mas simbolizou os temores dos americanos na época, como guerra nuclear e invasão alienígena, naqueles tempos de corrida espacial contra os comunistas soviéticos, além de antecipar, em seis anos, a "Era de Prata", como ficaria conhecida a renovação dos super-heróis empreendida pelo editor da DC Comics, Julius Schwartz, com novas versões de Flash, Lanterna Verde, Gavião Negro e Átomo – todos calcados em elementos de ficção científica.

Entre 1953 e 1954, Stan insistiu mais um pouco no gênero, com o retorno de personagens de sucesso nos tempos da guerra, como Tocha Humana e Namor, produzidos dessa vez por Burgos e Everett, e do Capitão América, escrito por ele mesmo, com desenhos de um artista iniciante chamado John Romita. Dessa vez, o Sentinela da Liberdade

---

6. *Em 1947, Max Gaines, o fundador da EC, morreu afogado ao salvar o filho de um amigo durante um acidente de barco num lago. Um dos principais responsáveis pela consagração das revistas em quadrinhos nos Estados Unidos morreu como um verdadeiro herói.*

enfrentava vilões comunistas – em um dos muitos momentos de tensão na guerra fria entre Estados Unidos e União Soviética, que poderia acabar em uma guerra atômica. Mas os leitores não aprovaram e os gibis foram outra vez cancelados.

No caso do Capitão América, foi questão de repulsa, ao que parece. Desde 1950, quando o senador Joseph McCarthy (1908-1957) declarou possuir uma lista de espiões comunistas infiltrados no alto escalão governamental americano, deflagrou-se o que viria ser chamado de Macartismo: uma série de investigações a qualquer um que demonstrasse o mínimo de simpatia pelo comunismo ou mesmo que fosse contrário à paranoia que ele difundiu com sua caça às bruxas. Personalidades da imprensa e do cinema também foram acusadas sem provas de espionagem ou conluio com a União Soviética, e, muitas vidas, foram destruídas profissionalmente, em decorrência dessa perseguição.

A Atlas publicava muitas HQs de guerra na época, com algum êxito. Como as que exploravam o conflito na Coreia, que terminou com a divisão da península em duas nações distintas, uma comunista e outra capitalista. Nessas tramas, o discurso moral se fixava na ideia de que a guerra era algo ruim. Já nas novas histórias do Capitão América, enfrentar o "avanço vermelho" era visto como única solução: "Houve muita chiadeira do público por causa dessa postura anticomunista, e um bocado de críticas descendo a lenha naquela nova versão do Capitão", comentou Romita anos depois. Ou seja, os leitores não queriam saber de Macartismo nos gibis.

Simon e Kirby ficaram tão furiosos ao saberem que a Atlas havia relançado o Capitão América que decidiram se autoplagiar bolando um novo herói patriota. Assim surgiu Fighting American[7], que trazia a tiracolo Speedboy, um parceiro mirim ao melhor estilo Bucky Barnes. O aventureiro ganhou série própria pela Prize Group. A ideia era dar um enfoque político maduro ao título. Entretanto, logo as tramas penderam para situações cômicas e o gibi não passou do sétimo número. Definitivamente, heróis patrióticos estavam fora de moda na década de 1950.

---

7. *Lutador Americano seria uma tradução mais apropriada, mas no Brasil ele foi chamado de Tim Cometa em O Globo Juvenil, da RGE (Rio Gráfica e Editora).*

Kirby também deixou sua marca indelével nos quadrinhos de terror.

Por outro lado, a avalanche de títulos de horror da EC, Atlas e das demais editoras chamou a atenção do psiquiatra alemão naturalizado americano Fredric Wertham (1895-1981). Na verdade, Wertham – e outros colegas, como Gerson Legman – escrevia seus ensaios contra os quadrinhos desde o final da década anterior, quando passou a alertar os pais e mestres de uma sociedade conservadora quanto aos malefícios que a leitura de gibis poderia acarretar às crianças. A imprensa não demorou a lhe dar atenção e a paranoia contra as revistas se espalhou pelo país.

Wertham tinha um discurso apocalíptico, supostamente amparado em preceitos da psiquiatria e de sua vivência pessoal, ao tratar de adolescentes que liam gibis. Em suas campanhas difamatórias em rádios, programas de televisão e palestras nas escolas, além de artigos em jornais e revistas, o psiquiatra escancarava a violência, o erotismo e o sadismo contidos naquelas historietas que, de acordo com suas teorias, eram as principais responsáveis pela delinquência juvenil instaurada nos Estados Unidos do pós-Guerra. Segundo ele, as revistinhas induziam ao crime, à prostituição infantil e ao homossexualismo.

Em 1954, Wertham lançou o livro *Sedução do Inocente*, e o senado americano – que já investigava desde o ano anterior as editoras – transformou o assunto em polêmica relacionada até à segurança nacional. Para isso, montou uma comissão para investigar as denúncias do psiquiatra. A pressão – com o apoio da imprensa – fez com que muitas delas fechassem suas portas. De repente, dos 650 títulos regulares que circulavam todos os meses, apenas 250 continuavam a existir. "Aproximadamente, 90 milhões de exemplares são vendidos todo mês. A maior parte dessas revistas é sobre crime e sexo, e é comprada por crianças", dizia o *Wall Street Journal*.

De acordo com o conceituado jornal econômico, eram 840 milhões de unidades impressas ao ano, vinte vezes mais que quatro anos antes. A mobilização de setores conservadores, principalmente ligados a diversas religiões, foram para a frente de combate aos quadrinhos. "Revista em quadrinhos é uma leitura prejudicial para a juventude americana, pois contém algumas das mais horríveis e sangrentas imagens já impressas. As crianças ficam expostas a tal ponto, que se tornam mentalmente criminosas antes mesmo de chegar à adolescência", garantia um panfleto religioso baseado em anotações do destemperado Wertham.

Nem os super-heróis remanescentes escaparam das pedradas verbais. A Mulher-Maravilha[8] foi chamada de lésbica por Wertham, além de estimular as meninas a baterem nos meninos. Para não perder leitores por causa de pais temerosos, a DC suavizou as histórias de Batman, deixando-as por demais infantilizadas, quase idiotizadas. O Vigilante de Gotham City deixou de lado sua luta contra mafiosos e foi viver aventuras interplanetárias ou doideiras similares que fugiam ao seu *status quo* de vigilante urbano. Por fim, no intuito de acabar com as insinuações de que Batman e Robin, a Dupla Dinâmica, formava um casal gay e pedófilo, os autores colocaram nas histórias as heroínas Mulher-Morcego e Bat-Girl.

Em protesto contra aquela paranoia, Stan Lee escreveu uma provocadora HQ para *Suspense* 29, condenando o exagero da perseguição aos gibis. O título era dos mais sugestivos: *"O Maníaco Destruidor"*. A trama de quatro páginas mostra um sujeito transtornado, invadindo uma redação para tomar satisfação com o editor de quadrinhos que, por sinal, tinha a cara de Stan. Depois que o maluco foi levado para o hospício, o editor foi para casa, colocou a filhinha no colo e começou a contar uma história de ninar: "Era uma vez, um homenzinho que não tinha nada mais importante para fazer do que invadir o escritório de um editor para reclamar de algumas revistas."

Mas o grande bode expiatório acabou mesmo sendo Gaines, principalmente ao depor na comissão de investigação do Senado, com transmissão ao vivo pela televisão. O *publisher* da EC foi massacrado de maneira implacável pelos membros do comitê de investigação, que o questionou sobre uma série de cenas tiradas de suas revistas e por eles consideradas nocivas às crianças e adolescentes. A solução para evitar que a censura fosse imposta às revistas, as próprias editoras criaram o famigerado Comics Code Authority (CCA), nada menos que um código de autocensura das revistinhas, proposto pelos donos das editoras DC, Archie e Atlas.

Contudo, especulou-se por um bom tempo, que as editoras concorrentes e que criaram o CCA queriam, na verdade, tão somente

---

8. No caso da heroína amazona, os argumentos contra ela eram implacáveis. Seu criador, William Moulton Marston era um psiquiatra conhecido, bígamo, que impregnou em suas HQs uma quantidade enorme de mensagens de conotação sexual, como símbolos fálicos, homossexualidade, bondage e discurso feminista.

uma chance de tirar a EC Comics e outras editoras de gibis de terror do mercado. Isso quase aconteceu, devido ao cancelamento de seus títulos populares. Mas Gaines, apesar da fama de aloprado, foi esperto o suficiente ao apostar todas as suas fichas na revista de humor *Mad*, que ele tinha criado dois anos antes do código. Ele mudou o formato para magazine – que ficaria de fora da censura do CCA – e fez surgir uma nova e fértil vertente de quadrinhos, além de aproveitar boa parte de todos aqueles talentosos colaboradores lançados em seus gibis de terror.

EMPRESÁRIOS

Quem também não estavam nada felizes com essa caça às bruxas aos quadrinhos eram os donos de gráficas. Sem boa parte da clientela que mantinha suas máquinas rodando, a bancarrota se avizinhava. Joe Simon e Jack Kirby viram na crise uma oportunidade de ouro de emplacar sua própria empresa, e fundaram a Mainline Publications. "Os caras (os donos das gráficas) estavam alucinados e, por isso, mais do que dispostos a apoiar uma nova editora, se o negócio fosse promissor", gabou-se Simon.

A estratégia consistia em oferecer uma parte da Mainline a Nevin Fidler, um dos burocratas da velha parceira Crestwood, pois ele tinha um bom relacionamento com os distribuidores. Assim, Fidler conseguiu um belo adiantamento da distribuidora, para que Simon e Kirby pagassem a gráfica, e pudessem usar suas próprias economias para bancar a parte editorial, que envolvia a produção de roteiro, arte e letreiramento.

No comecinho de 1954, em uma negociação camarada realizada com o amigo Al Harvey, eles arrendaram um espaço da Harvey Comics, na Broadway, que passou a ser a sede da Mainline. A editora lançou quatro títulos: a romântica *In Love*, o faroeste *Bullseye: Western Scout*, a revista de guerra *Foxhole*, e a criminal *Police Trap*. "Uma nova leva de quadrinhos feitos na medida para leitores cansados das velhas coisas de sempre", dizia o anúncio impresso em setembro.

Entre as novidades anunciadas estava *Night Fighter*, um título de super-herói que jamais seria publicado. Pouco se sabe a respeito do personagem, exceto o que se apresentou no rascunho da capa feito por Kirby: um homem fantasiado, armado com uma pistola, equipado com botas magnéticas para andar nas paredes e óculos especiais que o

O Fighting American apareceu numa época em que ninguém mais queria saber de um herói patriótico, mesmo sendo uma sátira.

Capa de Bullseye 4. A arte de Kirby desafiava o convencionalismo estético do quadrinho western.

permitiam enxergar no escuro. O fiasco comercial de Fighting American meses antes seria o provável motivo para os autores terem abortado esse novo projeto de super-herói, anunciado de modo precipitado.

Apesar de tocarem seu próprio negócio, Simon e Kirby ainda prestavam serviço para a Crestwood e isso acabou por gerar um enorme conflito de interesses. Alguém na Crestwood notou que a dupla estava fornecendo quadrinhos reciclados, ou seja, histórias que a editora já havia publicado, mas com textos e títulos alterados para parecerem novos. Simon e Kirby faziam isso no intuito de agilizarem a produção e, por conseguinte, terem mais tempo de se concentrar nos títulos da Mainline.

A editora se sentiu ludibriada e mandou seu advogado falar com a dupla. Enquanto a pendenga não era resolvida, a Crestwood deliberadamente começou a atrasar os pagamentos. Os dois entraram em pânico e o clima ficou tão pesado na redação que os dois mal se falavam. O que parecia até então uma sólida amizade foi colocada à prova. "Era uma relação profissional. É claro, éramos amigos, mas nós trazíamos diferentes experiências. Joe veio de uma família de classe média e eu nunca tinha conhecido alguém da classe média", recordaria Kirby. "Joe normalmente não se socializaria com um cara como eu."

Roz tinha um outro ponto de vista. Para ela, seu marido respeitava demais Simon, e, por isso, preferiu se calar para que o caldo não entornasse de vez entre os dois. E ressaltou: "Jack via Joe como um irmão mais velho." De repente, aquela parceria de tantos anos parecia não fazer o menor sentido. Se cada um tinha uma maneira distinta de encarar os problemas, isso não ficou evidente em nenhum momento. Em meio ao incômodo silêncio de ambos, a falta de dinheiro é quem falava alto.

Para piorar, nem bem os títulos da Mainline começaram a circular e passaram a sofrer ataques de Wertham. Principalmente contra *Bullseye* e *Foxhole*, mostrados como maus exemplos de leitura para crianças. Em 1956, a distribuidora decidiu cortar o adiantamento e só restou à Mainline encerrar suas séries nas quartas e quintas edições e fechar as portas de uma vez por todas. Para não ficar no prejuízo total, os quatro títulos foram repassados para a editora Charlton Comics. Era o fim de uma parceria de longa data. Decepcionado com os quadrinhos, Simon tentaria a sorte na publicidade, enquanto Kirby voltaria a bater na porta das editoras. Mas seus caminhos se cruzariam outra vez antes da virada da década.

RETORNO

Jack Kirby voltou a trabalhar na DC Comics no final de 1956, mas seria por um período curto e bastante tumultuado. Com o roteirista Dave Wood, produziu a história de apresentação de um grupo de exploradores chamado Desafiadores do Desconhecido. Tratava-se de um quarteto, com cada um dos membros possuindo uma habilidade especial: Rocky Davis, campeão olímpico de luta greco-romana. Professor Haley, mergulhador profissional. Red Ryan, acrobata circense. Ace Morgan, piloto de avião e herói de guerra.

Na trama, os quatro decidiram trabalhar juntos após sobreviverem a um acidente aéreo. Curiosamente, Roz Kirby ajudou na arte-final. No dia a dia, ninguém sabia, mas ela costumava auxiliar o marido quando os prazos de entrega das histórias estavam apertados. Sua experiência pregressa como desenhista de lingerie antes de conhecer o futuro companheiro permitiu que usasse o nanquim com certa desenvoltura.

A estreia dos Desafiadores se deu em *Showcase* 6, de fevereiro de 1957. *Showcase* era um título recém-criado para apresentar novos personagens da editora. Aqueles que vendessem bem ganhariam título próprio. Não demorou muito e os Desafiadores do Desconhecido ganharam sua revista, em abril do ano seguinte. Além de Dave Wood, Kirby também escreveu alguns roteiros e contou com a colaboração do velho amigo dos tempos da Timely, Ed Herron. Na arte-final, o nome mais constante era Marvin Stein, mas Wally Wood – de nenhum parentesco com Dave e ex-artista da EC Comics – também participou de algumas edições.

Os Desafiadores diferiam dos habituais títulos de super-heróis da DC, exatamente pelo fato de os personagens não terem superpoderes e nem usarem roupas espalhafatosas – apenas um traje liso em tom arroxeado. Em compensação, as aventuras eram movimentas e inundadas de conceitos fantasiosos e pseudocientíficos, bem ao modo que consagraria Kirby. Décadas depois, Joe Simon diria que os Desafiadores do Desconhecido foi uma das últimas coisas que ele bolou com Kirby, antes de encerrarem a sociedade. O debate sobre a real autoria da equipe permaneceria em aberto para sempre.

Kirby também assumiu as histórias do Arqueiro Verde, então um personagem menor da DC, criado em 1941 por Mort Weisinger e George Papp. O Arqueiro era tão insignificante que escapou de sumir

– como tantos outros super-heróis da Era de Ouro – se mantendo como apresentação secundária em títulos como *Adventure Comics* (que estrelava Superboy, a versão adolescente de Superman) e *World's Finest Comics* (revista que reunia Superman e Batman).

Kirby mais uma vez contou com Dave Wood e Ed Herron para escrever os diálogos e narrativas, além de Roz, que o ajudou na arte-final. Embora não desse para desenvolver muita coisa em HQs de seis ou sete páginas, Kirby conseguiu deixar sua marca registrada de exageros gráficos na série, que iam de flechas gigantes, portais dimensionais a arqueiros extraterrenos. E ainda reformulou a origem do herói, ao mostrar como o náufrago Oliver Queen teve de se virar para aprender a usar arco e flecha, para enfrentar piratas numa ilha deserta.

Enquanto Kirby produzia esses materiais para a DC, alguém ligado ao George Matthew Adams Syndicate, distribuidor de tiras em quadrinhos para jornais, procurou o editor Jack Schiff a fim de viabilizar uma série de ficção científica e capitalizar em cima da corrida espacial disputada pelos Estados Unidos e União Soviética. Schiff convidou Kirby e o roteirista Dave Wood para produzirem a tira. Os dois logo se interessaram, pois era uma chance de fazer um bom dinheiro como autores sindicalizados. Assim, ofereceram algo chamado *Space Busters,* que não agradou ao editor, talvez por excesso de fantasia. Schiff então bolou com a dupla uma nova série intitulada *Sky Masters,* mais realista e condizente com os eventos daquela época, como lançamentos de foguetes e fotos da lua.

Dave chamou seu irmão Dick Wood para auxiliá-lo no roteiro, e Kirby contou outra vez com a arte-final primorosa de Wally Wood e, adiante, de Dick Ayers. Pouco antes da estreia de *Sky Masters* em 8 de setembro de 1958, Dave prometeu a Schiff uma porcentagem de quatro por cento pela intermediação no negócio. Kirby havia entendido que Schiff receberia uma única vez, enquanto o editor acreditava que seria um pagamento contínuo, como o dos autores. Por fim, Kirby aceitou os termos de Schiff para não prejudicar sua situação na DC. Foi um acordo verbal, o qual Kirby acabou não cumprindo, pois, o que recebiam do George Matthew não era muito alto, e eles ainda tinham de pagar o letrista, o arte-finalista e o irmão de Dave. O pior de tudo é que estavam produzindo para um sindicato pequeno cuja abrangência se limitava apenas a um punhado de jornais.

Schiff então processou Kirby. No julgamento, Jack Liebowitz depôs a favor de seu editor, que acabou ganhando a causa. Talvez Liebowitz tenha sentido um pouco de prazer, principalmente ao lembrar como foi deixado na mão por Kirby e Simon após a Guerra. O desenhista continuou tocando *Sky Masters* até o seu cancelamento no princípio da década seguinte, mas já estava fora do quadro de colaboradores da DC Comics. Após passar por todas as casas editoriais possíveis nos últimos anos, a única opção que sobrara a Kirby era a Atlas, cujo editor era aquela "praga" que ele tanto detestava.

Após o fiasco em tentar retomar a tríade Capitão América, Namor e Tocha Humana, Stan Lee investiu em histórias de aventuras e espionagem com o Cavaleiro Negro, em 1955, e o Garra Amarela, de 1956. O primeiro, um paladino dos tempos medievais, com pitadas

Desafiadores do Desconhecido: equipe com muitos autores envolvidos.

de Zorro; e o outro, uma versão comunista de Fu Manchu, bolada em parceria com o roteirista Al Feldstein. Ambos foram desenhados por Joe Maneely, que Stan afirmava ser tão bom quanto Jack Kirby. Infelizmente, a carreira de Maneely foi abreviada, quando o artista sofreu um acidente fatal, em 1958, ao cair entre dois vagões de um trem em movimento.

Martin Goodman tinha fixação em cortar gastos, e assim vendeu sua própria distribuidora com a ideia em mente de economizar dinheiro. Em seguida, fechou contrato de distribuição com a American News Company. Num ato descabido de sovinice, ao descobrir que seu editor comprava mais páginas desenhadas do que a editora realmente publicava, ficou possesso e exigiu que Stan dispensasse quase todos os desenhistas.

Alguns bem promissores e amigos pessoais de Stan, como Gene Colan e os ítalo-americanos John Buscema e John Romita, foram para o olho da rua da noite para o dia. Por uma enorme falta de sorte, Goodman viu seu mundo desmoronar quando, semanas depois, a American News faliu. Não lhe restou outra saída, exceto se humilhar ao pessoal da DC, implorando que distribuíssem os títulos da Atlas. A concorrente topou, mas fez uma exigência severa. Goodman aceitou os termos, e a Atlas reduziu sua produção de 80 títulos para apenas uma dúzia de lançamentos mensais.

Nesse clima de penúria, Jack Kirby teria chegado à redação da Atlas em meados de 1958, e se deparado com Stan chorando, enquanto um pessoal de transportadora retirava os móveis – provavelmente vendidos para cobrir algumas dívidas. "Eu me lembro de dizer para eles não fecharem porque eu tinha algumas ideias", afirmaria Kirby. "Eu era um profissional completo, e sabia muito bem que raios eu estava fazendo." Stan desmentiria essa história com bom humor: "Eu não lembro de móvel algum sendo retirado. Se fizeram isso, foi durante um fim de semana, quando todos estavam em casa." E concluiu: "Jack sempre foi um exagerado. Eu estava muito feliz com seu retorno, mas nunca chorei na frente dele."

De concreto mesmo, é que Stan conseguiu manter alguns colaboradores longe da guilhotina de Goodman, como Steve Ditko e Don Heck, e com a colaboração providencial de Kirby, se concentrar na produção de HQs com criaturas gigantes e nomes esquisitos: Fin Fang Foom, Rommbu, Zzutak, Torr e por aí vai. As tramas, inspiradas em filmes de monstros e de invasores alienígenas, bastante em voga na época, tinham certo charme, mas a fórmula, repetida à exaustão, indicava que a Atlas Comics logo iria desaparecer se os seus gibis não fossem renovados.

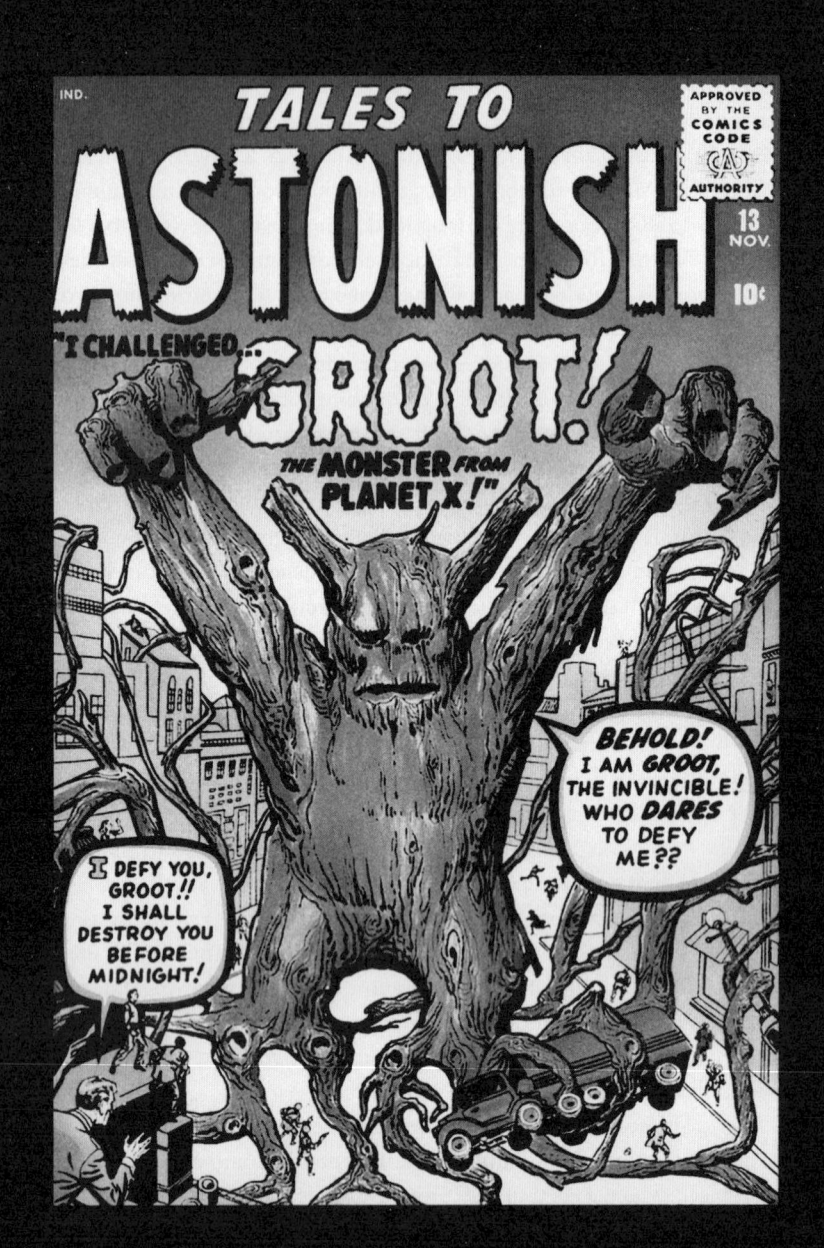

Alguém poderia imaginar que algum dia, um monstrengo como Groot seria transportado para as telas de cinema?

Para surpresa do próprio Kirby, ele e Stan começaram a estreitar laços – mesmo com a mágoa da suposta delação que o antigo colega teria feito dele e de Simon. Conversavam muito ao telefone, e toda vez que Kirby ia a Manhattan, acabavam almoçando juntos no Carnegie Deli, onde bolavam histórias mirabolantes entre uma garfada e outra na deliciosa torta de queijo. Às vezes, o próprio Simon se juntava a eles, após o horário de expediente para bater papo. "Stan chegou a me visitar na Harvey e disse que estava caindo fora dos quadrinhos. Eu o aconselhei a montar sua própria editora, expliquei como fazer isso, mas ele tinha medo. Ele era editor, não entendia nada de negócios", lembraria Simon.

TURBULÊNCIA

Sob muitos aspectos, os anos de 1950 foram tumultuados para as editoras e seus autores. Projetos eram elaborados e logo esquecidos, devido à imprevisibilidade do gosto popular, por demais suscetível às novas tendências, além da autocensura estabelecida pelo Comics Code, que tornou os artistas mais contidos, menos ousados. O que parecia uma ótima ideia em um momento era descartada sem dó no dia seguinte, por receio de recusa da equipe de censores do CCA. Algumas ideias iam adiante, mas nem sempre davam certo. Em 1953, por exemplo, quando a campanha contra *os comics* tinha virado problema policial, Joe Simon e C. C. Beck (o pai do Capitão Marvel), criaram um super-herói chamado Silver Spider (Aranha Prateada) para a Havery Comics, mas o projeto acabou descartado.

Em 1959, de volta aos quadrinhos após perambular pelas agências de publicidade, Simon reformulou o personagem, que passou a ser Fly[9] e o ofereceu para a Archie Comics. Em seguida, chamou seu antigo parceiro Jack Kirby para desenhá-lo, além de uma nova versão do Escudo

---

9. *Homem-Mosca, como ficou conhecido no Brasil a partir de 1965, aparecia na revista Seleções Juvenis da editora La Selva. Além do material original americano, trouxe também HQs do personagem feitas por autores brasileiros, como Luiz Rodrigues.*

– chamado, então, de Lancelot Strong – aquele mesmo personagem que a dupla tinha sido acusada de plagiar em 1940. Alguns detalhes no traje de Fly lembravam o natimorto Night Fighter, da época da Mainline. Como Kirby era rápido para desenhar, não teve maiores problemas em intercalar esses novos trabalhos com as histórias de monstros e caubóis que produzia com Stan Lee na Atlas.

Em seguida à sua estreia no gibi de Escudo, O Mosca ganhou seu próprio título, *Adventures of The Fly*. Sua origem narrava como o adolescente Tommy Troy encontrou um anel mágico e se transformou em um adulto com as capacidades das moscas – a mesma premissa que mais tarde alguns afirmariam (sem provas) que Stan pensou em usar de início na origem do Homem-Aranha. Na verdade, era uma evidente reinterpretação da transformação de Billy Batson em Capitão Marvel, porém, sem o mesmo brilho do popular herói, que havia se transformado em seriado de cinema. Simon e Kirby deixaram o título após a quarta edição e outros autores deram continuidade às histórias. Eles não voltariam a trabalhar em parceria pelos próximos 15 anos. Até lá, Kirby ajudaria Stan Lee a reinventar os quadrinhos.

CAPÍTULO 5

O MESTRE NA CASA DAS IDEIAS

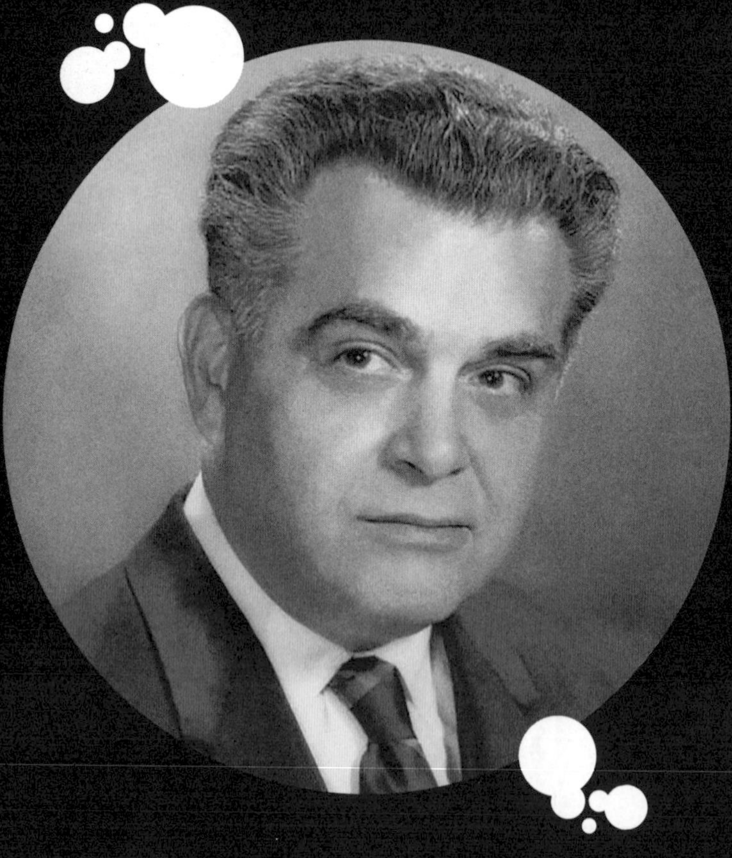

A Era de Ouro dos super-heróis era algo remoto, perdido em saudosas lembranças do passado dos tempos da Segunda Guerra Mundial, entre 1939 e 1945. Afinal, quase duas décadas tinham se passado. Pelo menos pensava assim o pessoal da redação da Atlas, no princípio de 1960. A pressão por personagens e gêneros de sucesso andava de mãos dadas com a insatisfação e a falta de perspectiva profissional para um número grande de desenhistas e roteiristas – além de editores, letristas, coloristas etc. Isso, sem contar o preconceito das pessoas "normais" – assim chamadas pelos quadrinistas –, e que viam nos *comics* uma coisa menor, refugio literário e, depois da difamação nacional imposta por Fredric Wertham, a mais perniciosa das influências às crianças e adolescentes.

Os únicos profissionais de quadrinhos que tinham o respeito da sociedade eram aqueles que produziam tiras e páginas dominicais para os jornais. Hal Foster, por exemplo, que estampava todos os domingos uma página inteira do seu Príncipe Valente em centenas de jornais de todo país. Havia, assim, se tornado uma instituição cultural. Mas poucos reconheciam seu trabalho como uma obra de arte. Como os diários eram lidos por pessoas de todas as classes e idades, dezenas de tiras alcançavam o mesmo patamar das charges políticas e das caricaturas de figuras esportivas e do cinema.

Não raras vezes, quando Stan Lee se encontrava numa festa qualquer, ao dizer que editava gibis, muitos saíam da rodinha ou lhe viravam a cara: "Até que eu era bem pago para os padrões do nosso meio, e ainda encontrava tempo de fazer alguns trabalhos por fora, como produzir tiras de jornal *[como a do carteiro Willie Lumpkin]*, escrever artigos para

A família Kirby em 1961.

revistas e uma coisa ou outra para o rádio. Isso nunca incomodou Martin Goodman, provavelmente por concluir que essa grana extra me deixaria acanhado de pedir aumento toda hora."

Mesmo assim, o sentimento de Stan era de pura frustração como uma pessoa do meio editorial de uma subcultura, como os desprezados *comic books*. Perto dos 40 anos de idade, não via perspectivas de crescer profissionalmente. "Eu tinha a sensação de não estar mais progredindo, não do modo que eu achava que tinha de ser. Eu havia alcançado um sucesso moderado, mas pensava que só iria vencer na vida se caísse fora dos quadrinhos de uma vez por todas e entrasse no mundo real. O que eu não compreendia naquele ponto da minha vida era que os quadrinhos funcionavam como o mundo real para mim."

Embora pensasse em aplicar algumas ideias diferentes nas revistas remanescentes da editora onde trabalhava havia mais de duas décadas, Stan tinha certeza de que seu chefe Goodman jamais permitiria alguma ousadia conceitual em qualquer um de seus títulos. Toda prudência, aliás, era pouca. A censura aos quadrinhos estava no auge e o tempo havia mostrado que o CCA não estava para brincadeira, pois, sem seu selo na capa dos gibis, os distribuidores não aceitariam. Tudo sempre girava em torno de copiar uma fórmula já pronta, de ir à esteira de algum sucesso do momento aprovado pelo código.

O que Stan nem imaginava, era que seu desejo por uma mudança radical na vida profissional começava a ser arquitetado longe dali. Mais precisamente em um campo de golfe. Goodman fazia uma partida monótona com seu amigo e concorrente Jack Liebowitz, da DC Comics. Liebowitz gostava de se gabar e contou para Goodman que sua nova revista, *Liga da Justiça da América*, fazia o maior sucesso entre os leitores. A Liga reunia uma equipe formada pelos medalhões da editora: Superman, Batman, Mulher-Maravilha, Lanterna Verde, Flash etc.

Goodman largou o taco de golfe e voltou correndo à editora. Ao encontrar Stan em sua mesa, pediu que criasse um gibi estrelado por um grupo de super-heróis. Stan achou que essa poderia ser a sua última oportunidade de colocar em prática alguma ideia diferente, embora ainda estivesse indeciso em tomar tal decisão. "Eu estava cansado de escrever roteiros simplistas, com palavras que jamais excediam duas sílabas, quando minha esposa me disse: 'Por que você não escreve uma nova revista do seu jeito? O pior que pode acontecer é Martin te demitir'. Foi assim que tudo começou. Tudo culpa da minha mulher."

Parecia apenas outro gibi da Atlas com seus monstros esquecíveis, mas na verdade era o início da maior revolução dos quadrinhos americanos.

Uma revolução estava prestes a acontecer a partir daquele momento. Stan tinha em mente algo original e que transcendia o que já se havia imaginado e publicado em termos de quadrinhos de super-heróis até então. Ele se apressou em redigir um roteiro padrão, com situações de cenas, características e nomes dos personagens e, em seguida, entregou-o a Jack Kirby, seu mais experiente e talentoso colaborador, com todas as recomendações que considerava necessárias para ele ilustrar a história. A revista bimestral iria se chamar *Fantastic Four* e chegaria às bancas em agosto de 1961.

A saga do Quarteto Fantástico teve início quando o cientista Reed Richards, a noiva Sue Storm e seu irmão mais novo Johnny Storm, além do piloto Ben Grimm, lançaram-se em uma missão suicida, acima da atmosfera terrestre, durante a Corrida Espacial dos americanos contra os soviéticos – que levaria o homem à lua em 1969. Por acidente, o grupo acabou exposto aos misteriosos raios cósmicos e, após um pouso forçado, descobrem que aquela energia os havia transformado em seres poderosos.

Reed virou o Senhor Fantástico, capaz de esticar seu corpo como se fosse de borracha. Sue, a Mulher Invisível; Johnny virou a nova versão do Tocha Humana. Por último, Ben, se tornou o monstruoso Coisa. Mas o que fazia o Quarteto diferente era o fato de os personagens terem personalidade. Pela primeira vez nas HQs, heróis eram retratados como pessoas reais, com direito a neurose, insegurança, dúvida, desânimo, depressão, estresse, problemas de saúde em geral, e até mesmo falta de dinheiro. Algo bem diferente dos infalíveis heróis que a DC Comics publicava na época.

Outra característica interessante foi que o Quarteto se parecia com uma tradicional família americana. Eles não tinham identidades secretas ou uniformes vistosos e moravam todos juntos no QG da equipe, que ocupava os cinco últimos andares do Edifício Baxter, em Manhattan. Nada de cidades fictícias como Gotham City ou Metrópolis, como acontecia com os heróis e super-heróis da DC Comics. Os novos superseres de Stan e Kirby habitavam cidades de verdade, conhecidas pelos leitores. Havia bastante melodrama também.

No começo, Coisa vivia de arrumar briga com Reed e Johnny, uma alusão ao avô ranzinza que se mete na vida do filho e do neto. Logo, no entanto, a amizade entre eles se solidificou. O homem de pedra, não demorou, tornou-se o preferido dos leitores. Seu discurso amargo de autopiedade deu lugar a um perfil carismático e engraçado. Seu brado de guerra "Tá na hora do pau" se tornou um dos bordões mais famosos das HQs.

Coisa também vivia a sofrer trotes da Turma da Rua Yancy, arruaceiros da antiga vizinhança pobre de Grimm, onde passou boa parte da sua vida – na verdade, mais uma referência da vida de Kirby no gueto, o que levaria à conclusão que ele participou ativamente na criação da série e não foi apenas "o desenhista" que seguia ordens de Stan Lee. Alguns fãs viam aí uma alegoria: o falante Reed como sendo Stan Lee, e o rabugento Coisa como Kirby. Coisa, inclusive, gostava de um bom charuto.

A galeria de inimigos do Quarteto Fantástico era exótica, repleta de alienígenas transmorfos, alquimistas e cientistas loucos, além do próprio Príncipe Submarino, que retornou na edição 4, em 1962, com a desculpa de estar desmemoriado desde os anos 1950. Namor não

No decorrer dos anos, o Doutor Destino se transformou no vilão por excelência do Universo Marvel, a ponto de estrelar suas próprias histórias e revistas.

era exatamente um vilão agora, somente um soberano dos mares dado a rompantes de fúria, e ainda mais revoltado com o mundo da superfície. O contraponto – bem ao gosto novelesco de Stan Lee – foi que Namor se apaixonou pela namorada do Senhor Fantástico.

O maior inimigo da equipe, contudo, foi, sem dúvida, um ditador do Leste Europeu chamado Doutor Destino (Doom), ex-colega de universidade de Reed, invejoso e vingativo. Ele estreou de modo marcante em *Fantastic Four* 5, de julho de 1962. Destino escondia sua face atrás de uma máscara metálica, devido a um acidente no passado, e empregava tanto o poder da ciência como as forças arcanas para atingir seus intentos malignos.

Não deixava de ser curioso que, no mesmo mês em que o vilão da Marvel estreava nas bancas, na história *"O Monstro da Máscara de Ferro"*, da revista *Tales of Suspense* 31, Kirby desenhou uma criatura que usava também uma máscara quase idêntica à do ex-colega de Reed. Claro que a personalidade forte e as ambições do personagem impressionaram os leitores, e Destino se tornaria um dos mais famosos – e temidos – vilões do Universo Marvel, que se formavam naquele momento. Devido ao sucesso, a partir da sexta edição, de setembro, *Fantastic Four* se tornou um título mensal.

Entre os primeiros aliados do Quarteto Fantástico estava o Vigia, uma figura gigante, careca e de uma serenidade zen. Mais tarde, os leitores ficariam sabendo que seu nome verdadeiro era Uatu, oriundo de uma raça alienígena quase tão antiga quanto o universo. Após atingirem um nível evolutivo muito avançado, os Vigias decidiram apenas observar os acontecimentos universais e o desenvolvimento das outras espécies, sem jamais interferir, mesmo na iminência de catástrofes. Uatu não só quebrou esse juramento várias vezes, como criou uma ligação de afeto com o planeta Terra. Em especial, com os heróis que formavam o Quarteto. A base de observação do Vigia era um lugar chamado "Área Azul", localizado na parte sombria da lua.

Tempos mais tarde, leitores observadores encontraram características semelhantes entre o Quarteto e os Desafiadores do Desconhecido – a equipe que Kirby produzira para a DC no final dos anos 1950. As duas tinham quatro membros, os trajes de ambas possuíam *designs* similares, e várias das tramas traziam conceitos parecidos: os protagonistas encolhendo, enfrentando monstros horrendos ou encontrando raças alienígenas.

A respeito do Golias Verde, Kirby declarou que "todos nós trazemos uma fúria interior, um Hulk prestes a ser liberado".

Poderia ser tudo uma grande coincidência, embora tais pormenores significassem para alguns fãs que Kirby estava reciclando velhas ideias. De qualquer jeito, o mesmo argumento que aponta as semelhanças evidencia as diferenças entre os dois grupos: enquanto os Desafiadores se tornaram literalmente desconhecidos para uma nova legião de fãs, Kirby, em parceria com Stan Lee, transformara o Quarteto Fantástico no melhor gibi do mundo no decorrer do ano de 1962, quando circularam as primeiras edições.

MONSTRO

Ainda com muitos monstros na cabeça, a dupla Stan e Kirby foi buscar inspiração na literatura fantástica do século XIX para criar o Incrível Hulk – nome emprestado de outras criaturas publicadas pela Atlas tempos antes. Mas esse novo Hulk era diferente. Uma mistura de *Frankenstein*[10], de Mary Shelley (1797-1851), com *O Médico e o Monstro*, de R. L. Stevenson (1850-1994), sua história de origem, publicada em maio de 1962, narrava como o franzino doutor Bruce Banner fora exposto aos terríveis raios gama – que o editor sempre brincou, dizendo não saber o que seriam.

O tranquilo Dr. Banner se transformou em uma criatura verde, bruta e poderosíssima que, é lógico, passou a ser perseguida pelo Exército dos Estados Unidos e temida por toda a raça humana. Seu principal antagonista era o General Ross, pai de sua amada Betty. Quase ninguém sabia, no entanto, que, apesar da aparência bizarra, Hulk era uma criatura do bem. Tanto que, no final de cada saga, sempre salvava o mundo, apesar do desprezo que dizia ter pela humanidade.

A criatura só podia confiar no adolescente Rick Jones e nos radioamadores da Brigada Juvenil – mais uma gangue de meninos à Jack Kirby. O bordão do monstro "Hulk esmaga" se tornou um dos mais

---

10. *Em Menace 7, de 1953, Stan Lee roteirizou a história "Your Name is Frankenstein!", que mostra uma sequência com uma mulher assustada bem parecida com a cena do primeiro encontro de Betty Ross e Hulk em 1962.*

emblemáticos dos quadrinhos. Com o passar do tempo, o personagem foi elevado à condição de ser mais poderoso do Universo Marvel. Pelo menos em termos de força bruta – já que a mesma aumentava à medida que ficava mais enfurecido.

Alguns conceitos também foram reaproveitados por Stan e Kirby de histórias curtas de suspense lançadas tempos antes. Na HQ *O Homem no Formigueiro,* de *Tales to Astonish* 27, de janeiro de 1962, por exemplo, o bioquímico Henry "Hank" Pym inventava uma maneira de reduzir a sua estatura física e passava apuros dentro de um formigueiro. Com um evidente potencial super-heroico, o personagem ressurgiria em setembro do mesmo ano, nas páginas de *Tales to Astonish* 35, já com a alcunha de Homem-Formiga e trajando uma roupa vistosa.

Na edição 44, de junho de 1963, Pym ganhou a companhia de Janet van Dyne, a insinuante Vespa, que, além da capacidade de

Stan Lee nunca gostou muito do modo como Kirby desenhava o Homem-Aranha – tampouco os leitores.

redução, também podia voar. Adiante, o cientista teria seus poderes incrementados, tornando-se Gigante, capaz de atingir a estatura de 12 metros. No decorrer dos anos, o cientista passou a ter problemas emocionais e psicológicos decorrentes das constantes mudanças de tamanho, assumindo outras identidades heroicas – configurando-se em um quadro típico de múltipla personalidade. Objeto de análise perfeito para os estudantes de psiquiatria.

TEIA

A fertilidade da agora renovadora Marvel parecia inesgotável em 1962. Um dia, Stan Lee e o desenhista Steve Ditko apresentaram um personagem esquisito, principalmente pelas suas características físicas. Chamava-se Peter Parker, com óculos de grau fortes. Um sujeitinho sem graça e desprezado pela turma da escola. Tímido e estudioso, não conseguia fazer amigos – além de sofrer *bullyng*. Peter também foi muito mimado pelos tios, Ben e May, que o criaram desde pequeno, após a morte de seus pais.

A vidinha de Peter mudaria de maneira drástica, porém, por causa de um acidente. Durante uma exibição científica, o rapaz foi picado por uma aranha irradiada e passou a demonstrar capacidades iguais às do aracnídeo. Fora a força fora do comum, tinha agilidade proporcional à de uma aranha, uma espécie de sexto sentido que o alertava sobre perigos iminentes, e a capacidade de andar pelas paredes. Peter fez valer seu intelecto privilegiado e desenvolveu uma teia artificial bastante resistente e um traje colante com direito a uma máscara que cobria todo o seu rosto.

Seus poderes e a aura de mistério que o cercava o tornaram uma sensação em programas televisivos. O cachê era bom e Peter, praticamente uma celebridade, começou a demonstrar arrogância e egoísmo. Certa noite, ignorou o apelo de socorro de um policial e deixou um assaltante escapar, sendo que poderia impedi-lo com facilidade. Por uma infelicidade terrível, ao chegar em casa, descobriu que o mesmo criminoso que deixou fugir matou seu querido tio Ben. Arrasado pelo remorso, o rapaz descobriu da maneira mais dura que "com grandes poderes vêm grandes responsabilidades". Naquele momento nasceu o Homem-Aranha.

Tal drama e realismo nunca tinham sido mostrados em uma HQ – nem mesmo nas do Quarteto Fantástico – e a revista *Amazing*

Esta é a única HQ do Cabeça de Teia desenhada por Kirby para o título Amazing Spider-Man (com arte-final de Steve Ditko).

Fantasy 15, de agosto de 1962, com a estreia do Aranha, desapareceu rapidamente das prateleiras. A capa, curiosamente, era de Kirby. Isso fez com que o herói ganhasse título próprio, *The Amazing Spider-Man* (O Espantoso Homem-Aranha), em março do ano seguinte. Desde então se transformou no super-herói mais famoso e amado da Marvel.

    A saga prosseguiu com novos elementos encantadores para o público. Nas primeiras edições, Peter arrumou emprego de fotógrafo no jornal *Clarim Diário*, um dos maiores da cidade, e tirava fotos de si mesmo combatendo o crime para pagar as contas da casa e comprar remédios para sua tia cardíaca. Ironicamente, seu patrão J. Jonah Jameson odiava o aracnídeo, e distorcia as notícias para incriminá-lo. Ou seja, mesmo salvando o dia, no final das contas o Aranha sempre ficava na pior.

    De certo modo, Peter Parker era o Charlie Brown dos super-heróis. Azarado, incompreendido, duro e sempre envolvido com os mais alucinados vilões – como Doutor Octopus, Kraven, Abutre e o Duende Verde. E, mesmo assim, o rapaz ainda tinha charme o suficiente para cativar duas garotas – que ele, por muito tempo, pareceu não perceber: Betty Brant e Liz Allan.

    Exceto por algumas capas, como a de *Amazing Fantasy* 15, e a arte de uma HQ secundária em *Amazing Spider-Man* 8, Kirby não teve qualquer participação relevante na trajetória do Cabeça de Teia, embora, anos mais tarde, ele afirmaria o contrário. Aliás, passaria a alimentar intrigas e polêmicas históricas, sem deixar de lado seu rancor contra Stan Lee, com quem manteria uma relação cordial de amor e ódio.

    Ditko e Stan também ofereceriam aos leitores o enigmático Doutor Estranho, uma espécie de super-herói feiticeiro. A ideia primordial dessa vez partiu do desenhista, que chegou na redação com cinco páginas já feitas de uma HQ não solicitada pelo editor. Stan perguntou do que se tratava e Ditko explicou que eles podiam diversificar ao lançar um personagem que trafegasse pelo ocultismo.

    Stan achou interessante a proposta e, inspirado no programa de rádio *Chandu, o Mágico*, prontamente batizou o personagem de Doutor Estranho. Ele também escreveu os diálogos e recordatórios daquela curta HQ trazida por seu colaborador e a publicou como apresentação secundária em *Strange Tales* 110, de julho de 1963 – um gibi que tinha Tocha Humana e Coisa como atrações principais – para aproveitar o sucesso da dupla que fazia parte do Quarteto Fantástico.

    O personagem voltaria a aparecer nas edições 111 e 114, antes de ganhar, finalmente, uma história de sua origem, em *Strange Tales* 115,

A MARVEL MASTERWORK PIN-UP

May the eyes of Asgard smile down on thee...
—Thor

de dezembro de 1963. Na aventura, os autores explicavam como Stephen Vincent Strange, um cirurgião mundialmente famoso, tomado pela vaidade e pela ganância sofria um acidente de automóvel que deixaria suas mãos inutilizadas para a prática da cirurgia. Desesperado, ele tentou de tudo para recuperar sua habilidade, e quando suas esperanças já estavam no fim, ouviu uma conversa que o animou a tentar a cura nas remotas montanhas do Tibete, com um guru conhecido apenas como "O Ancião".

Basta dizer que essa estadia longe do Ocidente – e o contato com a filosofia oriental, claro – transformou o doutor arrogante em um ser humano melhor. Ele aprendeu o valor da humildade e do amor ao próximo, e, assim, o Ancião lhe ensinou todos os segredos das Artes Místicas. Adiante, o Doutor Estranho assumiu o posto de Mago Supremo do Universo no lugar do Ancião, para lutar contra as forças sobrenaturais do mal que desde tempos imemoriais pairavam sobre o mundo.

De volta aos Estados Unidos, precisamente ao Greenwich Village – um notório reduto nova-iorquino de poetas, escritores e hippies –, ele passou a viver numa mansão exótica com Wong, o discreto mordomo oriental, e Clea, sua discípula e amante, mulher exuberante de outra dimensão. As histórias do Doutor Estranho e do Homem-Aranha, trabalhadas por Stan e Ditko, eram mais reflexivas, fazendo um contraponto as epopeias arrebatadoras propostas por Kirby e Stan.

No mesmo mês em que o Homem-Aranha apareceu, o Poderoso Thor também fez sua estreia em *Journey into Mystery* 83. Mais uma vez, Stan teve de utilizar um título já existente para lançar um novo herói, devido à restrição de distribuição imposta pela DC anos antes. Depois de alguns heróis baseados na ficção científica, Stan Lee achou que seria interessante apresentar um supertipo oriundo da mitologia nórdica.

Após confabular com Kirby, surgiu a história do cirurgião manco Donald Blake que, ao bater com seu cajado no chão, transformava-se no Poderoso Thor, senhor das tempestades e possuidor de um martelo mágico que só ele poderia erguer. Thor era filho de Odin, o senhor dos deuses de Asgard, e jurou defender os fracos mortais, por quem nutria enorme simpatia e compaixão, de todo e qualquer mal.

Seu principal antagonista seria o meio-irmão Loki, um sujeito cheio de mágoa e ardiloso até a medula. Em sua essência, havia apenas desejos ruins de inveja e vingança, sem se importar com as consequências trágicas de seus autos. Uma curiosidade: houve uma versão anterior de Loki, que apareceu nas histórias da personagem Vênus, entre 1949 e 1951,

A visão cósmica de Kirby para os deuses nórdicos.

editadas por Stan Lee. Nelas, o vilão tinha uma aparência mais diabólica, mas em termos de malignidade perderia feio para sua nova encarnação.

Com o decorrer dos números, seria revelado que a figura humana de Blake era apenas uma manifestação criada por Odin para ensinar o valor da humildade a seu filho. E, mesmo assim, o rapagão deu trabalho ao pai linha-dura, que era contra seu romance com uma mortal: a angelical Jane Foster, sua enfermeira assistente. Sabiamente, Stan colocou esses elementos folhetinescos na série para não afastar Thor em demasia dos heróis falíveis da Marvel concebidos por ele. Thor podia ser uma superdivindade, porém, era bem mais humano que o Superman, da DC.

Havia também aí uma crítica social subentendida. Essa aparente rebeldia do herói nada mais era que um aceno ao eterno conflito de gerações, assunto sempre em voga e tão propagado pelos meios de comunicação, desde a explosão do rock and roll e de filmes como *Juventude Transviada,* estrelado por James Dean, na década anterior.

Ao ser interpelado por um fanzineiro sobre o visual do Thor – um loirão cabeludo – não ser nem um pouco parecido com o da figura mitológica – ruivo e barbudo –, Kirby foi objetivo: "As lendas nórdicas são de domínio público. Um tradicionalista irá mantê-las do jeito que são. Mas sendo eu uma pessoa criativa, precisei interpretá-las num contexto moderno. E hoje é o loiro que está na moda."

Adiante, Kirby deixaria outras revistas e se envolveria mais com as tramas de Thor, explorando a infância do filho de Odin e o passado dos deuses, com a série secundária de histórias curtas *Contos de Asgard,* que se tornaria um de seus clássicos. "Eu nunca pensei em Jack como um escritor, mas ele era um grande planejador. Com certeza, noventa por cento das histórias de *Contos de Asgard* foram boladas por Jack, e o material era excelente", atestaria Stan.

O crédito a Kirby dado pelo editor e roteirista da Marvel fazia justiça à sua importância naqueles anos tão produtivos que mudariam as histórias em quadrinhos para sempre – além da própria cultura americana, de modo geral. "Ele sabia mais de mitologia nórdica do que eu... ou pelo menos parecia gostar mais do assunto", completou o parceiro. Mais tarde, Roz confirmaria que seu marido lia muito sobre deuses mitológicos, e que ele "os desenhava daquele jeito grandioso e todo especial." Kirby elevaria a saga de Thor a um nível cósmico, com a introdução de personagens e conceitos riquíssimos, como o espalhafatoso Hércules e o panteão olimpiano; os Colonizadores de Rigel, alienígenas cabeçudíssimos e altamente tecnológicos; o inquietante Ego, um planeta vivo e pensante; e uma perturbadora releitura de *A Ilha do Dr. Moreau,* de H. G. Wells, travestida nas figuras do profano Alto Evolucionário e de sua Montanha Wundagore, lar dos "Novos Homens" (animais em forma humanoide).

Por sua vez, Stan buscava fora das lendas a inspiração para criar alguns dos mais cativantes personagens secundários da revista. Dentre eles, Os Três Guerreiros. Mais do que meros coadjuvantes, eles funcionavam como uma espécie de Os Três Mosqueteiros versão asgardiana. O volumoso Volstagg foi baseado em Sir John Falstaff, personagem de três peças diferentes de William Shakespeare – uma das grandes inspirações de Stan Lee enquanto escritor.

No princípio da saga, Volstagg era retratado como um covarde e falastrão. Com o tempo, sua personalidade foi assumindo contornos

Em pouco tempo, Thor se transformou num dos principais títulos da Marvel, graças aos estudos sobre mitologia de Jack Kirby.

mais heroicos, tornando-se um dos bravos defensores de Asgard, sem perder, no entanto, o senso de comicidade. Já Fandral, o Arrojado, era um espadachim inigualável cuja figura foi calcada na do ator Errol Flynn (1909-1959), famoso por seus filmes de piratas e aventureiros mascarados. Por fim, Stan imaginou Hogun, o Severo, como um guerreiro huno com as feições do ator Charles Bronson (1921-2003).

Enfim, a dupla criou uma mistura explosiva do pop com o clássico. A fúria criativa de Kirby, ao ser adornada pelo texto fluente e shakespeariano de Stan Lee, conferia personalidade aos personagens e características épicas exclusivas à série do Deus do Trovão. "O verdadeiro guru que procurais, repousa dentro de vós. Escutais, pois, estas palavras: não é abandonando, mas mergulhando dentro do turbilhão da própria vida que encontrareis a sabedoria. Há causas para assumir, batalhas a serem vencidas. Haverá glória e grandeza para todos vós caso não desanimeis. Enquanto houver fôlego, vós vivereis ao máximo. Caso contrário, indignos sereis de vos denominardes homens", Thor aconselhando um bando de hippies.

MARCA

Desde junho de 1961, as revistas de Martin Goodman traziam a sigla "MC" nas capas – uma referência ao nome do primeiro gibi da editora lançado em 1939: *Marvel Comics*. A partir de *Fantastic Four* 14, de maio de 1963, a marca Marvel Comics Group, enfim, foi oficializada. Cartas e mais cartas começaram a entupir a mesa de Flo Steinberg, a secretária de Stan Lee, com comentários elogiosos e pedidos de outros heróis humanizados e "parecidos com os leitores".

A demanda fez com que aumentasse o pessoal da produção – letristas, revisores e coloristas foram contratados –, embora o espaço físico da editora continuasse igual, conforme lembrou Larry Lieber, desenhista e irmão mais novo de Stan Lee: "Mal dava para entrar na sala de Stan. Era tão apertada que parecia uma alcova." Larry começou a colaborar com a editora em 1951, desenhando histórias de crime. De 1956 em diante, o rapaz passou a escrever histórias de romance e ficção científica – inclusive, muitas daquelas de monstros desenhadas por Jack Kirby.

Ele não se considerava um bom roteirista, o que o deixou ainda mais surpreso quando Stan o convidou para escrever os diálogos nas histórias iniciais de Thor e Homem-Formiga. "Stan me disse que precisava de alguém para ajudá-lo a escrever as histórias. Eu falei que não era um roteirista de verdade, mas ele contestou." Após essa experiência, Larry se concentraria mesmo como desenhista dos gibis de faroeste da Marvel e, vez por outra, desenharia alguma edição anual do Homem-Aranha.

Um dos contratados *free lancer* nesse período foi o agora veterano Jerry Siegel. Ele começou como revisor e logo assumiu os roteiros de algumas histórias do Tocha Humana, em *Strange Tales,* em 1963. Dorrie Evans, a primeira namorada de Johnny Storm, foi uma das poucas contribuições de Siegel ao Universo Marvel, que se agigantava antes de terminar a primeira metade da década de 1960. O pessoal na redação olhava e não acreditava que lá na mesinha do canto estava o criador de Superman, "O cara que deu início a tudo", trabalhando por um salário mixuruca.

Ninguém imaginava, mas fora da Marvel, Siegel passava por poucas e boas para sobreviver. Embora tenha sido cocriador do primeiro e mais famoso super-herói dos gibis de todos tempos, quem lucrou com o personagem foi somente a DC Comics. Em sua última passagem por lá, fora humilhado pelo editor Mort Weisinger, que disse usar as páginas de roteiro de Siegel como papel higiênico.

Nas publicações da Marvel, ele assinava as HQs com o pseudônimo "Joe Carter", pois não queria irritar o pessoal da DC e perder a chance de voltar a escrever seu querido personagem. Até por isso que sua estadia na editora de Martin Goodman acabou por ser curta. "Acho que eu nunca fui tão feliz nesse meio como na época em que trabalhei com Stan Lee, na Marvel. O ambiente era muito bom e Stan um sujeito fantástico. A culpa de eu não ter permanecido lá foi inteiramente minha", lamentou mais tarde.

Bem diferente da DC, onde cada grupo de títulos tinha um editor específico, que, por sua vez, podia contar com vários roteiristas. Na Marvel, Stan comandava havia tempos e sozinho toda a linha de quadrinhos, além de ter de se virar com infinitos problemas de ordem burocrática da redação. Para tornar ágil a produção de revistas e não deixar nenhum desenhista esperando um roteiro completo ser datilografado, instituiu o "Estilo Marvel" de produção de HQs.

Tal procedimento mostrava o ritmo intenso e acelerado de produção da editora, totalmente centralizada nas mãos – e na cabeça

– de Stan Lee. O esquema consistia no artista receber do roteirista um resumo da história, sem muitos detalhes – às vezes apenas de modo oral, durante uma conversa e cabia ao ilustrador anotar ou memorizar – e inserir suas próprias ideias enquanto desenhava. Depois o roteirista (Stan) conferia as páginas desenhadas e, estando de acordo, colocava os textos (diálogos e narrativas).

John Romita, que voltou a trabalhar na Marvel em 1965, de início em revistas como *Avengers, Tales to Astonish* e *Daredevil*, lembraria anos depois quão divertidas e produtivas eram a as reuniões de pauta com Stan, e que a contribuição do editor não se restringia a poucos parágrafos, como o próprio costumava dizer: "Stan fazia todo tipo de ginástica para contar suas histórias. Olhando pelo corredor, dava para vê-lo pulando para todo lado e saltando no sofá durante as reuniões. Ele imitava todos os personagens: mulheres, homens, vilões. Ele era um artista."

E continuou: "O pessoal queria saber o que diabos fazíamos na sala, e eu respondia: 'Não faço nada, apenas tomo notas. Stan é que fica subindo pelas paredes'. Ele fazia isso para contagiar todos nós com seu entusiasmo." Fato corroborado pelo desenhista do Incrível Hulk, Herb Trimpe: "Creio que o sucesso da Marvel se deveu à decisão de Stan em não trabalhar mais com roteiros completos: você chegava nele para tirar dúvidas e o cara interpretava os personagens, fazia caretas e poses. Ele era ótimo."

Nem tudo eram flores, porém. Uma das primeiras polêmicas envolvendo os heróis Marvel teve a ver como Homem de Ferro. Tony Stark era um bilionário industrial canastrão que produzia armamento para as forças armadas americanas combaterem no Vietnã. Após seu coração ser atingido pelos estilhaços de uma granada, ele construiu uma armadura dotada de alta tecnologia para escapar da morte, e se torna o blindado Homem de Ferro. Doravante, Stark sempre teria de usar a armadura para não morrer, embora o uso dela colocasse sua vida em constante perigo.

No decorrer dos anos, a vestimenta metálica sofreu várias alterações – ou seriam modernizações. No princípio era cinza, grande e desajeitada como um tanque de guerra. Aos poucos, a silhueta ficou mais elegante, e ganhou as cores dourada e vermelha. Era equipada com o que tinha de mais moderno em tecnologia, como jatos propulsores nas botas, permitindo que Stark voasse, e os temíveis raios repulsores que saíam pelas palmas das mãos, de enorme carga destrutiva.

Pois bem. Stan lembraria como seu patrão odiou a premissa: "Era de praxe eu mostrar primeiro o conceito para Martin, e como era de se esperar, ele disse: 'Você está louco'. Mesmo assim, eu fui em frente com a minha ideia de transformar um personagem com temática tão antipática em um grande sucesso." A origem do Homem de Ferro desenhada por Don Heck foi publicada em *Tales of Suspense* 39, em março de 1963. A série refletiu bem a atmosfera anticomunista da primeira metade dos anos 1960, instigada pelos filmes de espionagem e política externa dos americanos.

Em entrevistas posteriores, Kirby alegou ter ele criado o visual original do personagem – uma armadura cinza e abrutalhada –, e Stan sempre concordava com essa informação. A prova disso estaria na própria capa de *Tales of Suspense* 39, desenhada por Kirby. Só que, no miolo da revista, os desenhos da história ficaram a cargo de Don Heck.

Pelo raciocínio de Kirby, isso não era nenhum problema, já que ele teria feito os esboços de todas as páginas para que Heck desenhasse por cima. "Jack diz que fez os esboços iniciais, mas não é verdade. Eu que fiz tudo. Só que ninguém se importou em me consultar sobre o caso", bronqueou Heck, anos depois, aludindo a um excesso de boa vontade da imprensa especializada em dar espaço apenas a Kirby.

Outro fator importante seria que nas décadas seguintes, Kirby e Stan ficariam conhecidos não apenas pela exuberância de suas mentes criativas, mas também por possuírem memórias equivocadas de alguns episódios que viveram. Kirby desenhou sim algumas das primeiras histórias do Homem de Ferro, mas não a primeira; e é provável que tenha contribuído com os roteiros também, mas nos créditos ele só aparecia como desenhista.

Além disso, havia mais gente envolvida nas primeiras histórias. "Na época em que o Homem de Ferro foi criado, eu estava escrevendo o Quarteto Fantástico, o Homem-Aranha, o Hulk e outras estrelas, de tal forma que eu apenas bolava as tramas, enquanto Larry Lieber e meu amigo Robert Bernstein salvavam a pátria cuidando dos diálogos e narrativas", lembrou Stan, que só assumiria os roteiros por completo em *Tales of Suspense* 47. Coube a Larry Lieber bolar o nome "Tony Stark", fugindo à aliteração empregada por Stan ao batizar os alter egos com iniciais iguais, tal qual Peter Parker, Bruce Banner e Reed Richards.

Todavia, Don Heck não deixava de ter razão ao cobrar alguns méritos para si. Desde o começo da Era Marvel, Stan e Kirby receberam todos os holofotes dos jornalistas e historiadores que procuraram recuperar a história daquele momento tão importante para os quadrinhos.

Os dois eram tidos como uma espécie de Lennon e McCartney dos *comics*, enquanto Ditko, com seu ar de mistério, posava involuntariamente como o George Harrison da Marvel. Para Heck, restava apenas o posto meio sem graça do baterista da banda, Ringo Starr, apesar de suas importantes contribuições à mitologia da casa.

Heck tinha o seu valor. Aos 20 anos já era um ilustrador profissional na Harvey. Na primeira metade da década de 1950, rodou por várias editoras, até ser efetivado na Marvel (então Atlas), em setembro de 1954. "Stan deu uma olhada bem superficial em meu portfólio e disse 'Ah, eu sei que você pode desenhar de tudo', e me contratou na hora." Além de cocriar o Homem de Ferro, o Gavião Arqueiro, o Mandarim e a Viúva Negra, Heck seria bem lembrado por suas passagens nas revistas dos Vingadores *[como se verá adiante]* e do Homem-Aranha.

O artista também teve certa dificuldade em se adaptar com o Estilo Marvel de Stan Lee, como ele contaria depois. Além de sua arte não ser vistosa como a dos outros colegas, carecia de certo dinamismo. Aos poucos, Heck percebeu que os convites para novos trabalhos foram escasseando.

MAIS E MAIS

A imaginação fértil de Stan Lee e Jack Kirby não se esgotou em 1963. Pelo contrário. *Sgt. Fury and His Howling Commandos* 1 chegou às bancas em maio daquele ano e se esgotou rapidamente. Afinal, não se tratava apenas de um título de guerra: era um título de guerra produzido pelos mesmos autores do Quarteto Fantástico. Mas por que Stan e Kirby decidiram sair do rumo dos super-heróis, assim, de maneira repentina?

Na realidade tudo começou com uma aposta entre Stan e Martin Goodman. O dono da Marvel achava que as vendas das revistas eram boas por causa de seus títulos fortes. Stan não concordava, e dizia que o sucesso vinha da maneira mais realista que eles faziam as histórias. Stan apostou que mesmo que fizesse um gibi de guerra de nome ridículo naqueles tempos em que ninguém mais queria saber de conflitos bélicos, ainda assim seria um sucesso.

Quando a revista do Sargento Fury e o Seu Comando Selvagem foi lançada, logo emplacou. O Comando Selvagem era um pelotão de soldados da Segunda Guerra Mundial, e se constituía uma verdadeira salada étnica, com um negro, um irlandês, um judeu, um italiano e um aparente homossexual. Fury era um personagem durão e muito carismático. Stan e Kirby aproveitaram essa popularidade e o transportaram para outra série, passada no presente – ou melhor, nos anos de 1960.

Assim, Nick Fury tornou-se agente da misteriosa e eficiente S.H.I.E.L.D. (sigla de Superintendência Humana de Intervenção, Espionagem, Logística e Dissuasão), que combatia o terrorismo internacional da Hidra, uma organização subversiva fundada por ex-nazistas – quando se denunciava que havia muitos deles espalhados e escondidos pelo mundo, principalmente na América do Sul. Os enredos remetiam à série cinematográfica James Bond, mas com muito mais fantasia e exagero.

Com o volume cada vez mais maior de trabalho, a dupla deixou essa nova série aos cuidados de um talentoso roteirista e desenhista chamado Jim Steranko. Dono de uma narrativa visual influenciada por Kirby, mas com altas doses de arte ótica e surrealismo, Steranko – também versado em ilusionismo – elevou seus quadrinhos à categoria do psicodelismo gráfico, influenciando muita gente do meio.

E Kirby ainda tinha muito o que fazer para se transformar numa lenda das histórias em quadrinhos. E ele adorava tudo aquilo.

CAPÍTULO 6

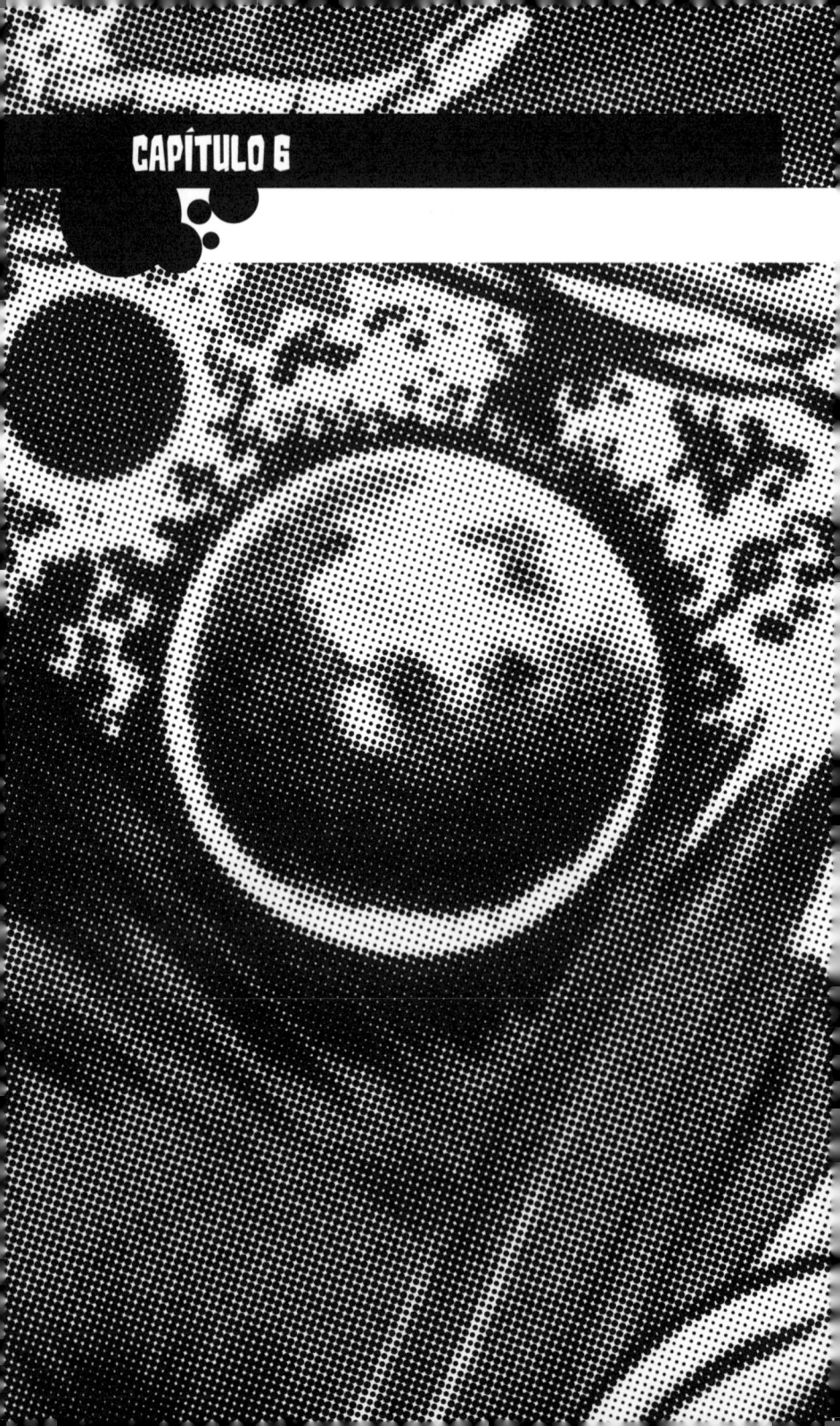

SUPER-HERÓIS AOS MONTES

IRON MAN, IF YOU DON'T GET THIS YELLOW-HAIRED YAHOO OFF MY BACK, I'LL BOOT HIM UP TO ASGARD FOR GOOD! NO ONE TALKS TO THE HULK LIKE THAT... NOT EVEN THOR!

Com a crescente popularidade da linha de revistas Marvel no princípio dos anos 1960, Stan Lee se reuniu com Jack Kirby para bolar os Vingadores, uma versão Marvel da Liga da Justiça da América. No primeiro momento, fariam parte do grupo Poderoso Thor, Incrível Hulk, Homem de Ferro e o casal Homem-Formiga e Vespa. Desde a sua estreia, quando a equipe enfrentou Loki, vários inimigos terríveis marcaram presença no título: Fantasma Espacial; Kang, o Conquistador; Imortus; os Homens-Lava; Conde Nefária e, principalmente, os Mestres do Terror.

A volta do Capitão América foi um grande acontecimento nos anos 1960. Stan e Kirby deixaram de lado o patriotismo engajado, e exploraram os dilemas de um homem deslocado no tempo.

Mas o apelo maior estava em retratar os heróis brigando entre si, algo bem diferente da camaradagem dos membros da equipe da DC. Hulk acabaria se desentendo com os parceiros e se uniu a Namor para enfrentá-los em um épico de violência explícita que os leitores acompanharam boquiabertos. Adiante, surgiria Wonder Man (Magnum, no Brasil), um tipo de Superman. No caso desse personagem, porém, a DC não gostou da concorrência e processou a Marvel sob a alegação de que a grafia era puro plágio da Mulher-Maravilha (Wonder Woman). Assim, o novo herói Marvel tomaria chá de sumiço por uns bons anos.

No decorrer dos anos 1960, novos membros ampliariam as fileiras da superequipe: Gavião Arqueiro, Mercúrio, Feiticeira Escarlate e Hércules, entre outros. E na quarta edição, o Capitão América foi reintroduzido na nova continuidade do Universo Marvel. A explicação para o seu paradeiro foi que, um ainda jovem Steve Rogers, passou 20 anos em estado de animação suspensa, congelado num *iceberg*. Com o resgate proporcionado pelos Vingadores, a Lenda Viva da Segunda Guerra Mundial tomou a vaga de Hulk no grupo e passou a liderar seus companheiros fantasiados em novas e empolgantes aventuras.

Para não cometer o mesmo equívoco de antes, Stan distanciou Capitão América de qualquer conflito bélico (no caso, a Guerra do Vietnã) e preferiu explorar o drama de um homem deslocado no tempo, que tentava entender seu papel na nova sociedade americana, além da sua relação com pessoas que conheceu no passado e que agora estavam envelhecidas. "Estes são os dias dos anti-heróis, dos rebeldes. A moda não é defender o sistema, mas sim desafiá-lo", disse o herói.

Na sua opinião, em um mundo cheio de injustiças, ganância e guerras, quem poderia recriminá-los? "Só que ninguém me ensinou as regras de hoje. Eu, que passei a vida toda lutando pela lei, talvez devesse ter lutado menos, e questionado mais", refletiu Steve Rogers – uma amostra de que o Capitão América de Lee e Kirby era um personagem muito mais complexo do que aquela figura juvenil da Era de Ouro. Quando um fã perguntou se Stan achava a dupla de criadores Simon & Kirby melhor que Lee & Kirby, a resposta do editor foi um enfático "Não".

E o tempo mostraria que ele tinha razão. Os X-Men chegaram às prateleiras de revistas juntos com Os Vingadores. Mais um grupo de heróis oriundos da fusão imaginária de Stan Lee e Jack Kirby, mas com uma característica peculiar: seus membros nasceram com superpoderes, não sofreram qualquer interferência de algum gênio da ciência ou foi

Kirby não criou o Demolidor, mas mostrou a John Romita como desenhá-lo.

vítima de algum acidente químico. Sob a tutela do mutante telepata Charles Xavier (Professor X), cinco jovens com habilidades distintas seriam treinados para proteger a humanidade que tanto os odiava: Garota Marvel, Ciclope, Fera, Anjo e Homem de Gelo.

A crença de Xavier era de que só assim os mutantes poderiam conquistar a aceitação da raça humana – uma abordagem sem dúvida revolucionária, naquele momento de intensa luta pelos direitos civis nos Estados Unidos. Assim, a dupla estabeleceu uma genial alegoria fantasiosa contra a segregação racial, um assunto que se manteria em debate na América até meados dos anos 1970. Nesses primeiros tempos, Stan e Kirby produziram boas HQs. Mas, a essa altura, era humanamente impossível cuidar de todas as revistas. E logo passaram o título para colaboradores.

Os X-Men mantiveram uma popularidade razoável no decorrer da primeira década de circulação. Porém, não no mesmo patamar das revistas do Homem-Aranha, Quarteto Fantástico e Poderoso Thor. Alcançariam certo destaque quando o renomado Neal Adams ilustrou suas HQs, em um período que culminou com o surgimento do personagem Destrutor, herói com visual dos mais modernosos.

Mas as coisas só mudariam mesmo de figura para os mutantes a partir de 1975, quando a revista ganhou novos personagens, mais maduros e complexos, oriundos de partes diferentes do globo: Tempestade (África), Noturno (Alemanha), Colossus (Rússia) e o feroz Wolverine (Canadá). Inicialmente graças aos esforços de Len Wein e Dave Cockrum e, adiante, com Chris Claremont e John Byrne, que alçaram os Novos X-Men a um dos maiores sucessos comerciais da história dos quadrinhos americanos. Enfim, dos personagens idealizados por Stan e Kirby, os X-Men seriam os únicos que só fariam sucesso mais tarde, com outros autores.

PRESENÇA

O Demolidor está entre os poucos super-heróis da Era Marvel não trabalhados por Kirby, embora ele tenha deixado uma pequena marca na história do personagem: ter feito a capa da primeira edição. Talvez tenha ficado de fora por excesso de trabalho. Ou seja, impossibilidade de assumir mais um personagem. Ao lançar a revista *Daredevil,* em abril de 1964, Stan Lee teve a clara intenção de retratar o Demolidor como uma espécie de Batman, um vigilante da noite que combatia o submundo do crime.

A premissa era simples e dramática, conforme outros enredos do editor: o proeminente advogado Matt Murdock, atleta de nível olímpico, ficou cego ao ser atingido pela radioatividade. Todavia, o acidente ampliou seus outros sentidos e desenvolveu uma espécie de radar, que substituiu sua visão. Matt decidiu se vingar dos mafiosos que mataram seu pai, um boxeador decadente, e começou a combater o crime na cidade. O "Homem Sem Medo", como ficaria conhecido dos leitores, a partir do apelido dado pelo editor, foi idealizado em parceria com o desenhista Bill Everett.

Contudo, há uma versão no mínimo curiosa para a criação do Demolidor, contada por Wendy Everett, filha do desenhista: "Meu pai sempre me falava de seus personagens. Lembro que discutíamos se o Demolidor deveria ser médico ou advogado, cego ou não. Eu sou praticamente cega, tive até de operar a vista." Se a cegueira do herói foi mesmo inspirada no problema visual da moça, não há como provar, a não ser que Stan esclareça o mistério. Mas a participação de Everett se restringiu apenas à primeira edição.

Ao contrário de Kirby, Everett vivia estourando prazos e até mesmo deixando trabalhos inacabados, devido ao seu problema com alcoolismo[11], o que obrigou Stan a repassá-los a outros artistas. As primeiras edições do Demolidor transitaram por várias mãos – Joe Orlando, Wally Wood e John Romita –, até que Gene Colan o assumiu de vez em *Daredevil* 20. Everett começou a frequentar as sessões da Associação dos Alcoólicos Anônimos (AAA) e parecia ter dado a volta por cima. Tanto que voltaria a escrever e a desenhar as aventuras de sua grande criação: o Príncipe Submarino.

Em 1965, Stan Lee finalmente contratou um assistente que seria importantíssimo na condução dos personagens e das revistas da Marvel: Roy Thomas, um jovem professor de língua inglesa que editava

---

11. Infelizmente, no dia 27 de fevereiro de 1973, Bill Everett sofreu um ataque cardíaco e morreu na mesa de operação de um hospital. A causa da morte teria sido causada por outro vício: o cigarro.

o fanzine *Alter Ego,* dedicado aos super-heróis. Com um conhecimento impressionante de todos os personagens, em pouco tempo Thomas assumiria o roteiro de várias séries, como as do Doutor Estranho, Vingadores, Hulk e Namor, aliviando a carga de trabalho do editor.

De talento inegável, Thomas realizava o sonho de todo *fanboy* ao trabalhar com seus ídolos de profissão e bolar as histórias daqueles heróis incríveis. Mas intrigava-o o fato de Jack Kirby não lhe dar muita bola, quase ignorá-lo. "Eu nunca tive um relacionamento de verdade com Kirby. Almoçamos juntos algumas vezes, mas sempre acompanhados de outras pessoas, incluindo Stan. Portanto, nós nunca fomos íntimos."

Não é provável que Kirby guardasse algum ressentimento pelo fato de Stan ter passado àquele novato o comando de alguns títulos. Anos mais tarde, porém, ficaria evidente que ele interpretava o interesse de Thomas em aprender tudo e sua fidelidade a Stan como atitudes de puro puxa-saquismo. Thomas estava fascinado com as novidades instituídas por Stan aos gibis de super-heróis. Além da caracterização realista, que conferia individualidade aos personagens, como temperamento e jeito de se expressar diferentes – algo inexistente aos heróis da DC, que tinham um padrão de conduta homogêneo –, as tramas na Marvel traziam um elemento novo: continuidade.

Por isso, nada caía no esquecimento e funcionava como uma forma de fidelizar os leitores por longos períodos. O que acontecia numa edição tinha repercussão em futuros números e, principalmente, em outros títulos. Como uma teia, dentro de um contexto amplo. Tratava-se de um universo coeso, com todos os personagens interagindo, o que despertava ainda mais o interesse do leitor a querer acompanhar tudo. Thomas, claro, sabia disso, pois estivera na posição de leitor fervoroso dos gibis Marvel até pouco tempo antes.

Kirby, por outro lado, nunca se preocupou com tais detalhes. Se dependesse apenas dele, os personagens iam surgir e sumir nas HQs sem maiores explicações. O que lhe interessava era a ideia em si, e a ação contínua. Thomas entendeu rápido que Stan cadenciava as tramas de Kirby, não deixando que personagens incríveis morressem logo após a primeira aparição.

O desenhista veterano mal percebia as mudanças feitas por Stan – exceto quando o próprio pedia para ele redesenhar alguma cena ou página –, pois quase nunca lia o gibi depois de impresso. "Eu era o aprendiz, e Stan o mestre. Stan cometeu alguns erros, como todos nós cometemos, mas ele sabia o que queria fazer a maior parte do tempo. Ele é o arquiteto principal do Universo Marvel, apesar das contribuições gigantescas de Jack Kirby e Steve Ditko", afirmou Thomas. No mesmo ano em que Thomas entrou na Marvel surgiu o MMMS (The Merry Marvel Marching Society), o fã-clube oficial da editora. Em português a sigla significava: Sociedade Marchante da Divertida Marvel, que se mantinha com as vendas de quinquilharias como *botoms*, notas com a efígie do Doutor Destino e discos de vinil com as vozes do pessoal da redação fazendo gracejos.

Para uma simples gravação de cinco minutos, Stan mobilizou quase todo mundo que cuidava da produção das histórias – incluindo Jack Kirby, Don Heck e Wally Wood –, para ir a pé até um estúdio a cinco quadras de distância. "Para Stan, era como se estivesse produzindo a entrega do Oscar", brincou Kirby. Era mesmo uma bobagem, mas, durante um bom tempo, o MMMS foi um tremendo sucesso entre os fãs.

O jeito informal como o editor se relacionava com o público nas seções de cartas e em outras colunas também chamava cada vez mais atenção. "As seções de cartas da concorrência eram uma chatice só. Se o leitor reclamasse de algo o editor respondia: 'Releia a história, pois é evidente que você não a entendeu'. Já nós respondíamos assim: 'Sabe que você tem razão? Na próxima edição publicaremos uma história tão boa que o fará esquecer-se dessa'. Os leitores adoravam, pois, a opinião deles era respeitada", Stan recordaria.

Além disso, estimulava o senso crítico de seus leitores, premiando qualquer um que achasse algum tipo de erro nas histórias. Como, por exemplo, o traje de um herói ser impresso com a cor errada ou um furo de continuidade na trama. O leitor que apontasse essas coisas recebia pelo correio um envelope vazio escrito "No-Prize", que quer dizer "Sem Prêmio", e ficava feliz da vida. Para dificultar a brincadeira, a editora passou a exigir que, além de apontar o erro, o fã desse uma explicação plausível para a gafe ter ocorrido.

A fim de reforçar essa sensação de que a Marvel era uma editora descolada – estratégia que seria copiada pela editora brasileira Bloch, ao assumir as revistas da editora americana a partir de 1975 – e que todo mundo trabalhava feliz na redação (inclusive os desenhistas, que na realidade trabalhavam em suas próprias casas ou estúdios), foi criado o *Bullpen Bulletins* (*Boletim da Redação*), nada mais que uma página que trazia depoimentos dos autores, gozações e fofocas sobre o pessoal da Marvel.

Tudo era pensado nesse sentido. "Você leu o gibi do Hulk deste mês? Herb Trimpe, seu novo artista, ficou até verde de tantos quadrinhos que teve de desenhar" ou "Adivinhe onde a secretária de Stan passou as últimas férias." Já a coluna *Stan's Soapbox,* inserida no *Bulletins,* servia para Stan bancar um tipo de guru filosófico despachado, com devaneios a respeito de quadrinhos, política e problemas sociais. Seus textos reflexivos e bem-humorados sempre terminavam com a palavra "Excelsior!", que acabou se tornando sua marca registrada.

Nem tudo que saía no Boletim era verdade. Mas o ambiente na redação era realmente divertido. Marie Severin, uma das poucas mulheres a trabalhar com HQs naqueles tempos, atuava como colorista e desenhista. Um dia, por alguma razão qualquer, ela levou uma bronca de Stan na frente de todo mundo. Enfezada, Marie entrou no escritório do editor e disse que ele jamais poderia ter gritado daquele jeito com "um dos caras." Pouco depois, Stan deixou na mesa da moça um imenso buquê de flores, e voltou para sua sala. Marie pegou as flores e seguiu atrás dele: "E para os outros caras, você também não vai dar flores?", e todos caíram na gargalhada.

Em relação a Kirby as lembranças de Marie também eram as mais simpáticas. "Quando Jack aparecia na redação era para tratar com Stan. Mas ele sempre foi um cara agradável. Sempre valia a pena escutá-lo, apesar do charuto." E Flo Steinberg, pasmem, garantiu que Kirby também fazia suas mímicas e imitava personagens. "Jack era um queridão! Ele chegava e batia um papo rápido comigo. Então, entrava na sala do Stan para bolar novas histórias e logo os dois estavam correndo em volta da mesa, fazendo barulho com a boca, coisas assim." Flo também levantou uma suspeita bem curiosa: "Na maior parte do tempo o charuto do Kirby estava apagado."

CRÉDITOS

Outro diferencial importante em relação à concorrência era que as revistas da Marvel traziam os créditos dos autores para que os fãs soubessem quem escrevia e desenhava as histórias – medida que a EC Comics tomou em seus gibis de terror, antes de serem proibidos de circular em 1954. Essa intimidade aumentou quando Stan Lee decidiu

Repetindo os apelidos bolados por Stan Lee, Kirby passou a ser reconhecido como o Rei dos Quadrinhos.

Stan e Jack rindo à toa – o mundo estava aos seus pés.

apelidar os colegas. Kirby então virou "O Rei dos Quadrinhos" (o que o fez lembrar-se de imediato de Victor Fox); John Buscema (que voltou a trabalhar na Marvel) "O Grande"; Romita, "O Animado"; e o jovem Roy Thomas, "O Menino". O próprio Stan se autodenominou "O Cara".

Os leitores adoravam aquilo tudo. Sentiam-se amigos dos "caras". E, também, não escaparam da mira do editor em seus editoriais, sendo chamados de "True Believers", algo como "Os Verdadeiros Crentes" ou "Fãs Fiéis". Por fim, a editora ganhou a alcunha nada modesta de "Casa das Ideias", algo que ninguém ousaria discordar durante muito tempo, pela simples razão de ser verdade.

Os problemáticos e sofredores heróis Marvel se tornaram objeto de estudo nas universidades, ganharam a admiração até de intelectuais – a ponto de o famoso cineasta italiano Federico Fellini, impressionado com suas aventuras, ter feito uma visita à redação para conhecer Stan Lee. Em 1966, enquanto Kirby era o convidado de honra numa das primeiras convenções de quadrinhos em Nova York, Capitão América, Homem de Ferro, Hulk, Thor e Namor ganhavam desenhos animados – ou melhor, semianimados, com movimentos rudimentares –, pelo estúdio Grantray-Laurence Animation. Na verdade, não passavam de projeções dos próprios quadrinhos, mas que encantaram as crianças pela excelência dos enredos.

No ano seguinte, seria a vez do Homem-Aranha estrear na TV, além do Quarteto Fantástico. Este, porém, tinha qualidade melhor e era produzido pelo famoso estúdio Hanna-Barbera, com direção artística de Alex Toth – um mago do traço que migrou das páginas dos *comics* para os frames hollywoodianos. A popularidade dos super-heróis Marvel só fazia crescer e todo mundo tinha a sensação de que logo a Marvel tomaria a posição de liderança da DC no mercado. As premiações no Alley Awards já prenunciavam isso.

Sorridentes e orgulhosos, Stan e Kirby aceitavam todos os convites para eventos e concediam entrevistas aos meios de comunicação. Eles tinham, afinal, inventado os super-heróis mais legais e descolados que se tinha notícia. Numa dessas conversas, a um programa de rádio, o entrevistador exclamou: "Rapazes, vocês estão ficando famosos", ao qual Stan respondeu: "Bem, nós ainda somos uma pequena editora tentando sobreviver." Jack então se manifestou: "Ah, qual é, Stan? Você sabe que nós somos os maiores."

Stan cobriu o microfone e sussurrou ao parceiro: "Jack, essa não é a imagem que nós queremos. No instante que as pessoas concluírem que você é o maioral, elas vão começar a torcer por outro qualquer.

É da natureza humana. Prefiro manter a imagem de que ainda somos uma editora pequena que incomoda a grande DC Comics." Jack olhou fixo para Stan e disse: "Não! Eu acho que quando você é grande, você deve dizer que é grande."

Jack Kirby devia ter razão, pois, quanto maior o sucesso da Marvel, mais a concorrência tentava imitá-los. De uma hora para outra, as prateleiras dos pontos de vendas ficaram abarrotadas de gibis de super-heróis das mais diversas editoras. E o interessante era que, em muitos casos, essas imitações eram feitas por ex-colaboradores da própria Marvel, como o irrequieto Wally Wood. Ele saiu da Marvel por entender que não estava sendo creditado o suficiente e tampouco remunerado por coplanejar as tramas do Demolidor com Stan.

Contratado em seguida pela Tower Comics, o ex-colaborador da EC Comics bolou personagens e conceitos para uma nova linha de gibis. Assim surgiu a equipe dos T.H.U.N.D.E.R. Agents (The Higher United Nations Defense Enforcement Reserves), formada por superseres a serviço das Nações Unidas. Os principais eram Dynamo, NoMan, Menthor e Undersea Agent. A série alcançou 20 números e Dynamo e NoMan chegaram a ter títulos próprios, mas de curta duração.

Apesar da boa qualidade artística, a linha toda foi cancelada em 1969. O erro de Wood foi acreditar que, para competir com a Marvel, bastaria caprichar nos desenhos, sem priorizar o conteúdo das tramas. Tinha em mente que o sucesso da Marvel se devia apenas aos desenhos impactantes de Jack Kirby, não levando em conta o texto de Stan Lee, que conferia humanidade aos heróis. Então, centralizou esforços na arte e abriu mão de diálogos elaborados e caracterização profunda dos personagens.

O próprio Joe Simon retornaria ao mercado de quadrinhos em 1965. Mais uma vez, pela Harvey Comics. Ele contou com vários autores para auxiliá-lo, como George Tuska, Otto Binder e Doug Wildey – criador da animação *Jonny Quest*. A nova linha de gibis se chamava Harvey Thriller e era composta por heróis estranhos, até mesmo esdrúxulos, como Jigsaw (Quebra-Cabeça), um herói cujo poder era desconectar e estender partes do corpo, e Bee-Man (Homem-Abelha). Não que Simon tivesse perdido a mão para os super-heróis, mas, depois do advento Marvel, os leitores não tinham mais paciência para histórias infantilizadas. Assim, as revistas foram canceladas ainda no primeiro trimestre de 1967.

Correndo por fora vinha a American Comics Group, até então conhecida pelos seus gibis de terror e humor *nonsense*, como *Herbie*

Popnecker. Seus novos super-heróis, Magicman e Nemesis, eram quase tão esquisitos quanto os da Harvey Thriller, mas tinham lá seu charme. Eram criações conjuntas do editor Richard Hughes e dos desenhistas Kurt Schaffenberger e Pete Costanza. Nemesis estreou em *Adventures Into the Unknown* 154, como um super-herói do além. O detetive Steve Flint morreria ao perseguir um chefão mafioso. Uma entidade sobrenatural, entretanto, permitia que voltasse cheio de superpoderes para enfrentar todo tipo de vilão, como o próprio Satã. O enredo era tão surreal que Nemesis, mesmo morto, podia ser ferido, nocauteado e até continuar mantendo um caso amoroso com sua namorada.

Já Magicman estreou em *Forbidden Worlds* 125. Filho de 200 anos de idade do famoso mago Cagliostro, porém, com uma aparência jovem, alistou-se no Exército americano para lutar no Vietnã. Com a morte de um companheiro em combate, passou a usar seus poderes mágicos a serviço do bem – entenda-se os Estados Unidos. Não por acaso, Fidel Castro era retratado como vilão em suas HQs. As revistas circularam por um período pequeno, de fevereiro de 1965 a fevereiro de 1967.

UPGRADE

Enquanto isso, na Casa das Ideias, as coisas estavam cada vez melhores. A parceria de Jack Kirby com Stan Lee teria um *upgrade* a partir de *Fantastic Four* 45 (dezembro de 1965), e que se estenderia pelos próximos três anos. A começar pela entrada do arte-finalista Joe Sinnott, em substituição ao nada refinado Vince Colletta, o que levou o desenho de Kirby a um nível superior de qualidade. Mas foi no despejar de conceitos mais elaborados e novos e instigantes personagens que esse período ficaria marcado como o melhor produzido pela dupla em todos os tempos.

Tudo começou com a introdução dos Inumanos, uma população de seres humanoides com superpoderes. Num passado remoto, quando os homens ainda eram primitivos, a Terra recebeu a visita da raça alienígena Kree. Ao estudarem os humanos, os alienígenas concluíram que o *homo sapiens* tinha potencial para ser tornar uma das raças mais evoluídas do universo. Então, os Krees realizaram uma série de experiências genéticas com os humanos, a fim de transformá-los em soldados poderosos em sua luta contra os transmorfos Skrulls.

Por razões desconhecidas, os alienígenas foram embora, e os Inumanos, para evitar confronto com os humanos, refugiaram-se no Himalaia, em uma cidadela chamada Attilan – nome emprestado da série *Tuk, O Garoto da Caverna*, de Joe Simon e Jack Kirby, dos anos 1940. Os principais membros eram os da Família Real: Gorgon, cujos cascos podem provocar terremotos; Karnak, um superlutador marcial; Triton, um escamoso anfíbio; Medusa, a mulher dos cabelos vivos; sua irmã mais nova, Cristalys, que comanda os elementos; Máximus, o Louco; e o silencioso Raio Negro, dono de uma força prodigiosa e de um poder sonoro avassalador.

Medusa já havia aparecido em edições anteriores como uma falsa vilã – membro da equipe Quarteto Terrível –, e Cristalys, por sua vez, acabaria namorando o Tocha Humana. E como elemento cômico, os Inumanos contavam com a presença de Dentinho, um cão gigante com poder de teletransporte. Era, sem dúvida, uma das criações mais interessantes e originais do universo dos super-heróis Marvel, reforçada pelo traço de Kirby.

O próximo passo foi em escala cósmica, com a introdução de Galactus e Surfista Prateado, entre *Fantastic Four* 48 e 50. Stan imaginou Galactus mais que um supervilão ou semideus qualquer. Ele queria uma força da natureza, um ser gigantesco que se alimentava da energia vital dos planetas. Galactus, portanto, pretendia consumir a energia da Terra, e o Quarteto tentaria impedi-lo.

Semanas depois, Kirby apresentou os primeiros esboços da história. Intrigado, Stan viu uma figura nova, que não havia requisitado a Kirby fazer. Geralmente, no processo criativo do Estilo Marvel, o artista só desenvolvia situações e cenas de ação não detalhadas pelo roteirista, abstendo-se, na maior parte do tempo, de introduzir qualquer personagem novo sem consultar Stan primeiro. Desta vez, no entanto, Kirby estava tão confiante no potencial daquela figura que decidiu colocá-la na trama.

O personagem tinha o corpo todo prateado e surfava pelos céus numa prancha voadora. Para Stan, aquilo era a coisa mais original que Kirby tinha já feito. Admirado, perguntou quem era. Kirby explicou que um ser de proporções praticamente divinas como Galactus deveria ter um mensageiro – um arauto que anunciasse a sua chegada.

O editor adorou a ideia e batizou o personagem reluzente de Surfista Prateado. Na trama, o Surfista se rebelou contra seu mestre e ajudou o Quarteto Fantástico a salvar a Terra, evocando a nobreza adormecida no coração do alienígena. Em represália, Galactus criou uma barreira invisível que impedia o Surfista de sair da Terra. Começava assim, a angustiante saga de um sujeito aprisionado em um mundo onde seria temido e odiado por todos, mesmo se sacrificando pela humanidade.

Por causa direta desses acontecimentos, Reed e Ben desbravam pela primeira vez a misteriosa Zona Negativa, um universo de antimatéria cheia de perigos, enquanto Johnny Storm entrava na Universidade Metro, onde faria amizade com Wyatt Wingfoot, um índio com porte físico de halterofilista. Wyatt passaria a frequentar o Edifício Baxter e a viver muitas aventuras com a equipe.

Tudo isso aconteceu antes da introdução do ousado e transgressor Pantera Negra, em *Fantastic Four* 52 – nada menos que o primeiro super-herói negro das histórias em quadrinhos. Diferente do que muitos ainda pensam, o nome do herói não é uma referência ao Black Panther Party. Este partido nacionalista só seria fundado alguns meses após o lançamento da revista do Quarteto. O Pantera era T'Challa, o líder de Wakanda, uma nação africana avançada tecnologicamente.

Além de ser um grande ginasta e lutador marcial, T'Challa teve seus sentidos ampliados ao ingerir ervas especiais durante o ritual do Deus Pantera – uma entidade sobrenatural protetora do seu povo. Mais para frente, o herói entraria para as fileiras dos Vingadores e, desde então, estrelaria diversas séries – atingiu seu auge de popularidade na década de 1970. A intenção, de início, era que, tanto o Pantera quanto os Inumanos, estrelassem revistas próprias. Como a Marvel ainda estava presa ao acordo de distribuição limitado pela DC, os personagens tiveram de estrear no gibi do Quarteto.

Nos números seguintes da revista, os leitores acompanhariam boquiabertos mais uma sucessão de eventos emocionantes: a formação da famigerada parceria de Blastaar, a "bomba viva" com o Homem-Areia; a estreia de Ronan, o Acusador, e o surgimento de um personagem conhecido apenas como Ele[12]. Um dia, o Enclave, um grupo formado por cientistas renegados, criou de maneira artificial o "ser humano perfeito". Assustado, Ele fugiu e migrou para as HQs do Thor, onde encontrou a deusa asgardiana Sif – então, a nova namorada do filho de Odin –, por quem se apaixonou.

Em sua inocência, tentou tomá-la para si. Por isso, foi duramente castigado por um enciumado Deus do Trovão. A criatura se isolou em um casulo e se lançou ao espaço. Por fim, a sexta edição anual

*O mais original personagem já
imaginado por Kirby: o Surfista Prateado.*

do Quarteto mostrou o nascimento do filho de Reed e Sue. A indagação geral era se o menino seguiria os passos dos pais. "Eu não tenho ideia do que vai acontecer a seguir. Não sei se a criança terá superpoderes ao ficar mais velha. Acho que vamos ter de decidir na moeda", brincou Stan, em uma entrevista.

Em meio a toda essa overdose de novidades, Kirby ainda experimentava os limites das artes gráficas, ao misturar desenho com fotos, criando colagens perturbadoras; e delineava maquinários e armas que desafiavam a realidade – um simples revólver feito por ele parecia mais um canhão alienígena de destruição em massa. O artista também transcendia os limites anatômicos dos personagens, conferindo estruturas corpóreas impossíveis, mas que dentro de seu universo visual eram plenamente viáveis.

CIÚMES

Mesmo com a explosão de seus negócios, Martin Goodman ficou enciumado com a crescente popularidade de Stan Lee. A ponto de infernizar a sua vida de todas as maneiras que encontrava. Segundo Stan, ele dizia coisas como: "acho que vou aumentar o preço dos gibis" ou "sei lá, não gosto desse personagem, vou cancelar sua revista." Ou seja, exercia um verdadeiro terrorismo psicológico para diminuir ou subjugar o funcionário que tinha revolucionado a história dos quadrinhos a partir de sua editora.

Stan contaria depois que teve de usar de muito jogo de cintura e paciência para driblar esses ataques de mesquinhez do patrão. Uma postura que não fazia sentido porque o retorno financeiro era imenso para a Marvel: "Não dava para entender o Martin. Eu estava deixando o sujeito cada vez mais rico e ele só queria me boicotar." E a fila dos insatisfeitos com o editor parecia não ter fim.

---

12. Na década seguinte, Ele seria lembrado por Roy Thomas e Gil Kane, e transformado em Adam Warlock, um peregrino cósmico com síndrome messiânica.

À medida que crescia o sucesso do Homem-Aranha, Stan Lee e Steve Ditko também se desentendiam. Ditko achava que, por ter de desenhar uma história completa a partir de uma sinopse, ele seria então o roteirista de verdade da revista. Pior, Ditko acusava Stan de adulterar suas ideias e de mudar, à sua revelia, as motivações dos personagens. Na verdade, Stan só cumpria o que havia combinado previamente com os artistas. A última palavra sobre cada história seria dele.

Era natural, portanto, que Stan exercesse seu papel de editor, além de roteirista. Por isso, mexia aqui e ali para amarrar a histórias, além de dar continuidade e caracterizações aos personagens. A diferença era que, com os outros desenhistas, Stan passava um resumo do que tinha de acontecer na história, enquanto que, com Ditko, ele só ficava sabendo da trama ao receber as páginas desenhadas – e isso só aconteceu um bom tempo depois, quando ficou insustentável se relacionar com Ditko. "Uma coisa que eu aprendi assim que entrei na Marvel, era que Stan e Steve não estavam mais conversando", rememorou Roy Thomas.

Se no gibi do Quarteto Fantástico, a partir de dado momento, os créditos passaram a informar "Uma produção de Stan Lee e Jack Kirby", na revista do aracnídeo – lá pelo terceiro ano da série –, o editor sentiu-se obrigado a destacar, de modo honesto e justo, que aquela edição tinha sido "Planejada por Steve Ditko Mas isso não foi o suficiente para refrear os ânimos exaltados do desenhista, cada vez mais radical em seus argumentos quanto à sua quase total autoria das histórias – inspirado provavelmente por seus estudos da rígida filosofia do Objetivismo[13].

Stan lembraria: "Steve sempre me dizia: 'Você vai ver só' ou coisa parecida." Em suas rápidas visitas à redação para deixar os originais com a secretária, Ditko entrava mudo e saía calado. O clima ficou tão ruim que ele acabou tomando a decisão de sair da Marvel. "Os argumentos de Ditko eram muito conservadores e duros com os hippies e coisas assim, e Stan mexia neles, mudava tudo. Eu admirava muito Ditko, mas não dava para apoiá-lo nisso", comentou John Romita, que assumiu o gibi do Homem-Aranha no lugar de Ditko, a partir da edição 39, de agosto de 1966.

A experiência de Romita como desenhista de histórias românticas na DC anos antes deixou as histórias do Aranha com uma atmosfera mais descontraída e moderna – bem afeita ao gosto dos jovens. Peter Parker ficou mais encorpado e bonito, com pinta de galã, formou-se no colegial, entrou na faculdade e tirou carta para andar de motoca, com suas duas namoradas alternadas, Gwen Stacy ou Mary Jane, na garupa.

Entre uma luta e outra contra os supervilões, curtia a balada com a turma no Grão-de-Café, o reduto de universitários, *beatniks* e todo tipo de gente transada. A mudança forçada de Ditko por Romita deu certo. Em pouco tempo, o gibi do Homem-Aranha passaria a vender mais que o título do Quarteto Fantástico.

Jack Kirby também estava chateado com Stan desde que ambos concederam uma entrevista ao *New York Herald-Tribune,* publicada em forma de artigo, em 9 de janeiro de 1966. O repórter ouviu as explicações da dupla de criadores sobre a gênese do Universo Marvel, entretanto sendo Stan mais expansivo e eloquente que o amigo, o entrevistador deu mais atenção ao roteirista. A matéria retratou Stan como o cara mais sensacional do universo, enquanto Kirby parecia apenas um coadjuvante.

Aos prantos, Roz Kirby ligou para Stan. Ela teria dito: "Como você pôde fazer isso com Jack?", deixando o editor constrangido. Não era justo ouvir aquilo, segundo o editor e parceiro de Kirby. "Ela me pegou de surpresa. Parecia que a culpa era minha, mas o fato é que eu não tinha controle sobre o que escreveriam na matéria." Soava estranho que a esposa tomasse a frente do marido em questões de trabalho, a ponto de ligar e bronquear com o editor dele, mas Roz realmente mostrava a todos que ela exercia uma grande influência sobre Kirby.

Fazia muitos anos que Kirby trabalhava em seu próprio lar. Então, era natural que ele se abrisse com a mulher e ela participasse intensamente de seus dramas e angústias profissionais – ainda mais por serem tão ligados e ela ser uma desenhista. "Vamos esclarecer uma coisa: Jack bolava tudo nas histórias e as entregava para Stan", afirmou Roz anos depois. "Sei disso, pois era eu quem as colocava no correio." Não que isso provasse qualquer coisa, mas era o argumento de uma esposa furiosa.

Um contato diário nesses termos poderia tanto ajudar quanto alimentar um ego em demasia. Kirby ganhou muito dinheiro com Simon, em fases distintas de sua carreira, mas o que ele estava vivendo naquele momento, em sua parceria com Stan, era pura fama – algo mais difícil de se lidar para alguém com seu temperamento. Depois que os ânimos

---

13. *Objetivismo é uma filosofia essencialmente ateísta criada pela escritora e dramaturga russa Ayn Rand, cujos princípios básicos são definidos pelo individualismo, egoísmo racional e capitalismo.*

esfriaram, os autores continuaram a se reunir para bolar histórias, mas Kirby ainda teria outros dissabores, pelo seu ponto de vista.

CONTINUIDADE

Todas as quartas-feiras, Steve Ditko costumava jogar pingue-pongue com seu amigo Dick Giordano. Num desses encontros, Giordano soube que Ditko havia se desligado da Marvel, após desentendimentos incontornáveis com Stan Lee, e decidiu convidar o artista para criar novos personagens para a Charlton Comics, a empresa na qual ele trabalhava como editor. A Charlton orbitava fora do centro editorial americano – estava localizada na cidade de Derby, em Connecticut.

A editora começou a nascer em 1934, de modo nada convencional, em uma cela da penitenciária do estado, onde o imigrante italiano John Santangelo cumpria pena de um ano por vender revistas de letras de música sem pagar direitos autorais. Santangelo e Edy Levy formaram sociedade ali mesmo, e logo dariam início a uma gráfica que viria a se transformar na Charlton Comics.

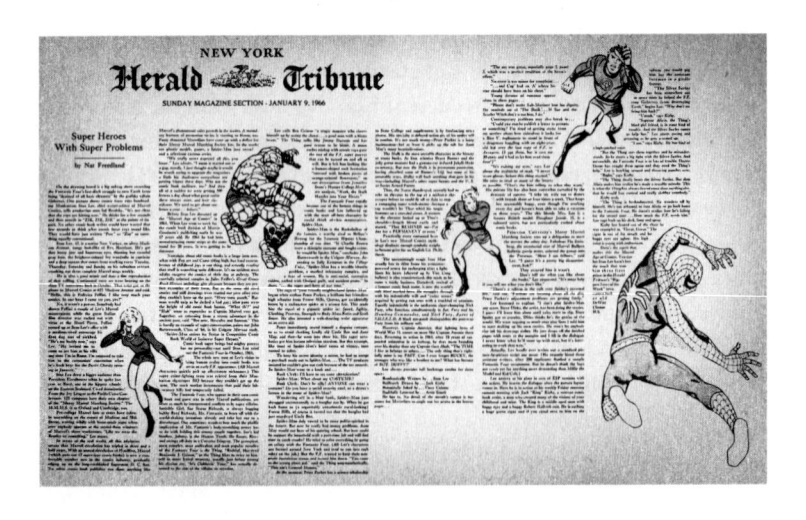

A fatídica reportagem do Herald-Tribune que teria abalado a amizade de Stan Lee e Jack Kirby.

A editora se manteve na mesma área e emplacou duas novas revistas musicais, *Hit Parade* e *Song Hits*. Ambas se tornariam referências na área musical. Santangelo, no entanto, decidiu também investir em histórias em quadrinhos, graças à sua percepção sobre as potencialidades daquele segmento. A maior parte dos gibis que publicava era com personagens licenciados de distribuidoras como King Features Syndicate, Hanna-Barbera etc., ou os comprava de editoras que fecharam as portas, como Fawcett, Superior, Fox e Mainline – a mesma que fora fundada por Simon e Kirby.

A maioria de seus desenhistas trabalhava como funcionário registrado e ficava no estúdio na própria sede da editora. Apesar de a empresa do italiano ter fama de má pagadora, Ditko foi seduzido pela oportunidade de trabalhar sem pressão editorial, além de permanecer *free lancer*, situação que mais lhe agradava. Não era mais o obscuro desenhista de histórias de terror e ficção científica dos anos de 1950, mas o cocriador do megassucesso Homem-Aranha. Acreditou que teria atenção por isso. E, assim, surgiu a linha "Heróis de Ação" – mais uma tentativa de bater de frente com os *Marvels* de Stan Lee e Jack Kirby.

Ditko reformulou o Capitão Átomo e o Besouro Azul. O Capitão era um super-herói espacial que o artista já havia desenhado no passado, e que, agora, ganhava um novo visual e uma namorada: Eve Eden, a aventureira Sombra da Noite. Em sua nova encarnação o Besouro Azul seria Ted Kord, sobrinho de Dan Garrett (o Besouro original da Fox) que tomou o lugar do tio no combate ao crime.

Como o herói era um gênio científico, bom de briga e de trocadilhos, não havia como os leitores não perceberem: Ditko transformara o Besouro numa versão adulta do Homem-Aranha. Ainda em 1967, ele introduz o Questão, um vigilante diferente, sem superpoderes e traje vistoso, mas que estraçalhava impiedosamente os criminosos com seus punhos. Com o Questão, Ditko expunha todo o seu radicalismo objetivista que não conseguiu aplicar no gibi do Aranha.

Mas a linha não se restringia apenas aos devaneios de Ditko. Enquanto isso, Joe Gill e o desenhista Frank McLaughlin introduziram Mestre Judoca, um precursor das histórias de heróis marciais nos Estados Unidos, enquanto Pete Morisi, vulgo PAM, veio com Peter Cannon, o Relâmpago, herói de atributos místicos.

Por fim, surgiria o Pacificador, de Joe Gill e Pat Boyette. O propósito do herói era promover a paz mundial a todo custo, nem que tivesse de explodir tudo à sua volta. Apesar de serem títulos interessantes e obterem uma razoável receptividade por parte do público, a linha Heróis de Ação não vendia tanto como Santangelo queria. Não deu outra: antes mesmo do final da década, os títulos foram todos cancelados. Com o fracasso, Giordano e Ditko foram tentar a sorte na DC Comics.

Ao ser entrevistado por um fanzine, anos depois, Stan Lee comentou sobre a saída do primeiro desenhista do Homem-Aranha da Marvel: "Eu jamais soube o que aborrecia Ditko. Nunca entendi porque ele perdeu seu tempo trabalhando para editoras que ninguém dava a mínima." Resoluto, Ditko lançara aos quatro ventos que jamais voltaria a fazer histórias do Homem-Aranha e do Doutor Estranho para a Marvel.

Não seria nenhum sacrilégio afirmar que Ditko era tão criativo quanto Kirby. Ou que, assim como este, também acreditava cegamente ser um roteirista de mão cheia. Só que imaginar e escrever são duas coisas absolutamente distintas. Romita resumiu de forma objetiva o caso Ditko ao fanzine *The Webb Spinner,* ainda em 1966: "Apesar de Ditko ser praticamente um amador ao chegar na Marvel, Stan sempre o incentivou a evoluir, até que, no final das contas, Ditko começou a se achar um escritor melhor que Stan."

Sem dúvida que Ditko tinha talento e valor. Porém, o fato incontestável é que desde a sua saída da Marvel, ele não repetiu mais o mesmo sucesso – como desenhista – que teve em parceria com Stan Lee. Menos ainda como roteirista.

LIBERDADE

Com o sucesso, a editora de Goodman começou a atrair olhos cobiçosos de grandes empresas. Em 1968, o conglomerado Cadence Industries comprou a editora e, no acordo, manteve Martin Goodman como *publisher* no período de transição, a ser concluído dentro de um período de quatro anos.

Enquanto o fundador da editora treinava seu filho, Chip Goodman, na esperança de que ele assumisse a presidência da editora, a Cadence adquiriu uma distribuidora, a Curtis Distribution – que pertencia ao jornal *The Saturday Evening Post*. Finalmente, a Marvel dava uma banana à DC, livrando-se em definitivo do jugo da distribuição restrita a uma dúzia de títulos por mês, imposta pela "Distinta Concorrente" (apelido irônico dado por Stan, a partir das iniciais "D" e "C"); e logo tratou de lançar novos títulos no mercado: *Incredible Hulk, Captain America, Iron Man, Nick Fury, Sub-Mariner* e, claro, *Silver Surfer*. Mas não seria Jack Kirby a desenhar o herói interplanetário que ele tinha criado.

Para a nova revista do Surfista Prateado, Stan Lee convidou o amigo John Buscema. Seu traço era acadêmico clássico, na linha do cultuado Alex Raymond, criador de Flash Gordon, com suas figuras humanas belas e vigorosas. Para o que Stan tinha em mente, uma história com ênfase filosófica, era a escolha perfeita. Agora em revista solo, o Surfista enfim ganhava uma origem arrebatadora. Sua identidade verdadeira era Norrin Radd, do pacífico planeta Zenn-La.

A fim de impedir que Galactus jantasse o seu mundo, Norrin aceitou ser transformado no Surfista Prateado, o arauto que buscaria novos planetas para o seu amo saciar seu apetite infinito. Na concepção de Stan, o Surfista era a nobreza encarnada. Em aventuras posteriores, o personagem, feito aos moldes de um Cristo cósmico, resistiu ao demônio e sacrificou-se pela humanidade.

O autor conferiu ao herói alienígena um discurso político e quase religioso, condenando a ganância, o racismo, as guerras e a prática da feitiçaria – temas predominantes na época. A crítica especializada, os hippies e pessoas do setor acadêmico aplaudiram de pé, embora, à época, o Surfista estivesse levando uma surra do gráfico de vendas da Marvel. Ou o leitor mais novo não entendeu nada ou não quis saber de pagar mais caro – é que a revista tinha o dobro de páginas em relação ao gibi mensal padrão.

Mais tarde, Buscema lembraria de um episódio traumático que viveu na época em que desenhou o gibi do Surfista. Ele vinha de uma passagem elogiada na revista dos Vingadores (em parceria com Roy Thomas), mas queria se afastar do *layout* padronizado por Kirby para os gibis da Marvel. Assim, desenhou a quarta edição – uma em que o Arauto Cósmico enfrentava o Poderoso Thor –, de um jeito menos cartunesco e mais realista. A história era tomada por cenas memoráveis e imagens icônicas, inclusive uma de Loki sentado num trono que se tornaria "a imagem definitiva de Loki."

Buscema recebeu elogios de todo mundo, menos de Stan. Em meio a desaforos, o editor rasgou um exemplar na frente de Buscema. Talvez ele não aprovasse a autonomia do desenhista em mudar de estilo.

149

Imagem emblemática: o Universo Marvel explode em movimento através da prancheta cósmica de Jack Kirby

Ou então já sabia dos relatórios preliminares de vendas para lá de runis, e descontou sua frustração no primeiro que apareceu na frente. Não importava, Buscema saiu da sala de Stan arrasado e perguntou para John Romita: "Como diabos você consegue fazer quadrinhos?."

O tempo passou. Um dia, Stan ligou para Buscema e comentou que *Silver Surfer* 4 tinha sido o maior trabalho da vida do desenhista, ou até "o melhor gibi de todos os tempos". Buscema perguntou se Stan havia enlouquecido e lhe refrescou a memória. Stan ficou aturdido: "Eu não lembro de ter dito essas coisas, John. Como pode?... O gibi é maravilhoso!" Buscema então pensou com seus botões: "Quantos caras já foram destruídos por um editor que acordou um dia com o pé esquerdo?"

Dali em diante, Buscema faria uma arte convencional, sem grandes arroubos, enquanto Stan entupiria a revista com convidados especiais (Homem-Aranha, Nick Fury, Tocha Humana) na esperança de deixá-la mais comercial. Em uma tentativa derradeira de salvar o título, o editor convidou Kirby para desenhar e coplanejar a história da edição 18. Com Kirby, o Surfista perderia subitamente o caráter santificado, tornando-se um alienígena encolerizado, um verdadeiro poço de ressentimentos e desejoso de vingança. Era a velha fúria interior de Kirby liberada. Mas não houve um número 19.

Ainda em 1968, a família Kirby se mudou para a Califórnia, do outro lado do país. Desde garoto, o artista alimentara o desejo de viver naquela ensolarada região. Agora, com uma condição financeira boa, podia, enfim, realizar seu sonho e oferecer uma qualidade de vida melhor para sua família. Como consequência, as visitas do desenhista à redação da Marvel e os almoços com Stan Lee se escassearam de vez.

Contudo, havia uma possibilidade de Stan manter o parceiro mais próximo. Quando a Cadence comprou a Marvel, como recompensa pela dedicação e ótimos serviços prestados, Stan teve um aumento considerável em seus honorários. E decidiu oferecer a Kirby o cargo de diretor de arte – função que Stan acumulava desde os anos 1940. "Nós formaríamos uma parceria total, mas Jack não quis. Disse que preferia permanecer como *free lancer*. Eu fiquei decepcionado, pois entendia que nós dois juntos seríamos dinamite pura."

Talvez Stan não soubesse, mas o parceiro andava ressabiado com Martin Goodman. Na época em que o Capitão América virou desenho animado, Joe Simon entrou com uma ação na justiça para reaver os direitos autorais do personagem, todavia, não colocou o nome do antigo parceiro na documentação enviada à justiça. "Não incluí Jack porque ele estava trabalhando na Marvel naquele período, inclusive em projetos envolvendo o Capitão América, e poderia incorrer em conflito de interesses", justificou Simon. Então, Goodman solicitou a Kirby que depusesse a favor da editora, reafirmando que ele e Simon haviam cedido os direitos do personagem ainda nos anos 1940.

Em retribuição, Goodman pagaria a Kirby o equivalente ao que pagaria a Simon num possível acordo amistoso. Kirby topou. No final das contas, Simon aceitou o cala-boca da Marvel e Kirby ficou a ver navios. Se Simon ficou decepcionado com a postura do ex-sócio, se esforçou para não deixar isso transparecer em público, e até tentou justificar Kirby: "Na época, todo o trabalho de Jack se resumia à Marvel, e ele temia ficar sem aquele serviço. Afinal, ele tinha de levar dinheiro para casa e colocar comida na mesa para os filhos." Só que nas palavras mais doces pode se esconder a mais profunda mágoa: "Eu acho que agir assim refletia a educação que Jack teve. Sabe como é, seus pais eram pobres... se bem que os meus também, mas eles sabiam se virar. Nunca me pressionaram, até porque eu sempre exerci várias atividades." Demoraria ainda alguns anos para Kirby e Simon se reencontrarem.

Entrementes a esses acontecimentos, Stan liberou Kirby para assumir roteiro e arte das novas séries solo dos Inumanos e Ka-zar. Finalmente, desde que retornara à Marvel no final dos anos 1950, Kirby escreveria suas próprias histórias. Mas durou pouco. Ele já tinha outros planos, e a Marvel não fazia parte deles.

CAPÍTULO 7

AVENTURA NO QUARTO MUNDO

Foto: Susan Skaar sob licença Creative Commons Attribution
ShareAlike 3.0 Unported License.

Entre o final do ano de 1966 e o comecinho do ano seguinte, Carmine Infantino viveu um dilema cuja decisão a ser tomada alteraria drasticamente não apenas o rumo de sua carreira, mas também, posteriormente, o curso da indústria dos quadrinhos americanos. Após conquistar fama desenhando as histórias de Flash e Batman, Infantino foi convidado por Stan Lee para trabalhar na Marvel por um salário bem maior que o pago a ele pela DC Comics.

Para não perder um colaborador tão talentoso, Jack Liebowitz ofereceu a ele, de início, a função de diretor de arte – garantiu que seria algo transitório, até assumir o cargo de *publisher*. Com atribuições mais burocráticas, Infantino deixou de desenhar HQs, embora ainda fizesse *layouts* de capas para seus artistas. Entre outras tarefas, dedicou-se a trazer sangue novo à editora, como Neal Adams, Dick Giordano e Denny O'Neil, e a promover os velhos amigos e ilustradores Joe Kubert, Mike Sekowsky e Joe Orlando a editores de títulos de linha.

O grande papel protagonizado por Infantino, entretanto, ocorreria durante uma rápida viagem que ele fez à Califórnia, em 1969, aos estúdios da Hanna-Barbera, onde acompanharia o desenvolvimento de novas séries animadas com os personagens da editora. Aproveitando a oportunidade, o diretor de arte da DC ligou para Jack Kirby e o convidou para um drinque. Durante o bate-papo, Kirby mostrou uma série de páginas com novos personagens que estava desenvolvendo havia tempos.

Infantino ficou fascinado com o material e perguntou quando a Marvel iria publicá-los. O desenhista respondeu que eram criações exclusivas dele e que não pretendia repassá-las à Marvel. Alegou que, durante anos, sentiu-se prejudicado, pois, em sua opinião, não era devidamente prestigiado e reconhecido como o principal criador de personagens como Quarteto Fantástico, Surfista Prateado, Thor, além, claro, de Capitão América.

Em seguida, indagou se Infantino estaria interessado em publicar aquele material na DC. Infantino não vacilou e disse que sim, sem esconder seu entusiasmo. Então, Kirby pegou um papel qualquer e escreveu de próprio punho um contrato ali, na hora, e ambos assinaram. Era o fim da parceria entre Lee e Kirby e o começo de um novo período histórico no meio editorial dos quadrinhos e na vida do irrequieto artista.

Um tempo depois, enquanto Stan abria um pacote enviado por Kirby, com os originais da mais recente história do Quarteto Fantástico, recebeu uma ligação do parceiro com a notícia de que estava se transferindo para a principal concorrente. Ao chamar Roy Thomas e o gerente de produção Sol Brodsky à sua sala, Stan mostrou-se abatido com o que acabara de ouvir. "Kirby agiu de caso pensado a fim de criar um clima ruim", garantiu Thomas.

Com a súbita saída de Kirby, Stan teve de improvisar para suprir a sua produção, conforme Romita lembrou: "Quando as notícias chegaram, fui perguntar a Stan quem iria desenhar o Quarteto Fantástico a partir daquele momento. Pessoalmente, eu acreditava que o gibi devia ser cancelado." Mas quando Stan respondeu "Você que vai fazer", Romita o chamou de maluco e saiu correndo da sala.

Na visão de Infantino e de toda a cúpula da DC Comics, Kirby era a razão principal do sucesso da Marvel. Assim, ao ter a arte exagerada de Kirby à sua disposição, a DC, com certeza, voltaria a reinar absoluta no mercado de gibis, como acontecera durante mais de duas décadas, até a revolução promovida por Stan Lee. Pelo lado do desenhista, a garantia de total liberdade criativa em seus projetos e desenvolvimento de personagens, fez com que aceitasse a proposta sem pensar duas vezes.

Kirby comandaria uma série de revistas que ficou conhecida como "Quarto Mundo", por se passar inicialmente em quatro revistas diferentes interconectadas: *Superman's Pal Jimmy Olsen*, *New Gods*, *Forever People* e *Mister Miracle*. Inicialmente, ele propôs editar toda a linha do Superman. Contudo, Infantino não queria arrumar briga com o veterano editor da linha de revistas do Homem de Aço, Mort Weisinger, que estava prestes a se aposentar, e fez cara feia à contratação de Kirby.

Na verdade, Weisinger não gostava de Kirby desde aquela briga judicial que tivera com seu amigo Jack Schiff, nos anos de 1950, por causa da tira de jornal *Sky Masters*. Kirby, então, ficou com a revista do jornalista sardento do *Planeta Diário*, para evitar transtornos – e até mesmo como uma espécie de desafio, já que *Jimmy Olsen* estava na linha vermelha dos gibis passíveis de cancelamento.

De qualquer maneira, Kirby se sentia triunfante. Finalmente, acumularia as funções de editor e roteirista de suas próprias séries. A primeira HQ referente ao Quarto Mundo foi publicada em *Superman's Pal Jimmy Olsen* 133, de outubro de 1970. Na capa, uma chamada desafiadora ganhava destaque: "Kirby está aqui" e, abaixo, Superman era atropelado por ferozes motoqueiros comandados por Olsen.

O autor aproveitou para reintroduzir a Legião Jovem, a turminha da pesada que criou com Simon na década de 1940. Na esteira, Kirby resgatou do esquecimento o Guardião, o policial fantasiado que protegia a Legião. Os garotos tinham crescido e se tornado cabeças do Projeto Cadmus. Assim, através da engenharia genética, conseguiram transferir a mente de Harper para um clone de si mesmo, porém jovem. Outra das medidas iniciais de Kirby foi convidar John Romita para embarcar em seus novos títulos. Apesar de admirar o estilo caprichoso do italiano bonachão, havia nesse convite de Kirby uma intenção de provocar Stan mais uma vez.

EPILOGUE

THERE CAME A TIME WHEN THE OLD GODS DIED! THE BRAVE DIED WITH THE CUNNING! THE NOBLE PERISHED, LOCKED IN BATTLE WITH UNLEASHED EVIL! IT WAS THE *LAST* DAY FOR THEM! AN ANCIENT ERA WAS *PASSING* IN *FIERY* HOLOCAUST!

Novos Deuses tem início com a transposição do velho para o novo panteão. Ou nas entrelinhas: Bye, bye, Marvel!

Virginia, a esposa de Romita, antevendo a manobra maliciosa, acabou com a pretensão de Kirby e proibiu o marido de sair da Marvel. "Se você for com Jack, vai se tornar uma cópia dele", alertou. Exagero ou não, uma mulher sabe ser convincente quando é necessário, e Romita, a contragosto, declinou do convite do colega. "Jamais me perdoarei por não ter tentado", resmungou.

Todavia, a série nevrálgica da tetralogia seria *New Gods* (*Novos Deuses*). O início da epopeia dos Novos Deuses era, na realidade, um epílogo. O autor narrava que, em determinado período do tempo, os velhos deuses entraram numa derradeira batalha que ocasionou o fim deles todos, originando, a partir daí uma nova geração de divindades: os belos deuses de Nova Gênese, e os horríveis seres de Apokolips.

Dois mundos antagônicos emprestados de livros das Escrituras Sagradas: *Gênesis* e *Apocalipse*. Em tese, os tais velhos deuses eram os habitantes de Asgard. Kirby imaginou a saga dos Novos Deuses como uma etapa futura das histórias do Poderoso Thor, que produziu na Marvel durante a década de 1970. Pistas disso seriam encontradas nas histórias secundárias *Contos de Asgard* de *Thor* 127 e 128, que mostraram cenas de uma batalha final e do surgimento de uma nova civilização, que muito se assemelhava àquela que Kirby mostrou depois, em *New Gods* 1.

Na quinta edição de *Forever People* (*Povo da Eternidade*, no Brasil), um personagem conhecido como Lonar, ao vasculhar os escombros de uma guerra passada, descobriu um estranho elmo, praticamente igual ao do Poderoso Thor. Esse Povo da Eternidade era uma visão particular de Kirby sobre o movimento hippie – uma comunidade de jovens alienígenas, sorridentes e superpoderosos, ligados aos Novos Deuses. Seus membros de destaque tinham nomes pomposos: Mark Moonrider, Big Bear, Vykin, Serifan e Beautiful Dreamer.

PROVOCAÇÕES

O enfoque em *New Gods* foi o conflito de gerações perpetrado nas figuras de Órion, o filho, e Darkseid, o pai – um vilão de primeira grandeza que viria a ser tornar uma figura de destaque em inúmeras sagas da editora. Na melhor história da série, *"O Pacto"*, a fim de selarem a paz entre seus mundos, Darkseid, de Apokolips, e Pai Celestial, de Nova

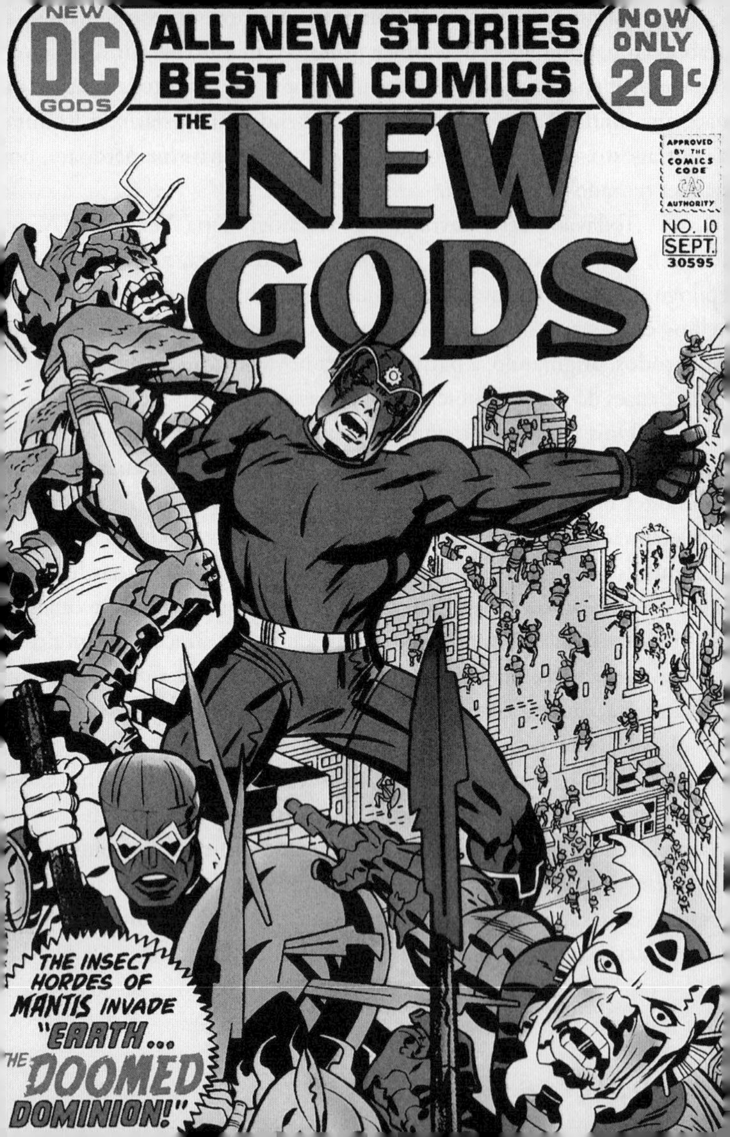
NEW DC GODS
ALL NEW STORIES
BEST IN COMICS
NOW ONLY 20¢
THE NEW GODS
APPROVED BY THE COMICS CODE AUTHORITY
NO. 10
SEPT.
30595
THE INSECT HORDES OF MANTIS INVADE "EARTH... THE DOOMED DOMINION!"

Gênese, trocaram seus filhos Órion e o Senhor Milagre, respectivamente, para serem criados por seus inimigos.

Seria óbvio que Darkseid não respeitasse as diretrizes do pacto, o que ocasionou um conflito de proporções cósmicas. Em meio a tudo isso, Kirby despejava conceitos geniais, como a Caixa Materna, um computador vivo que se comunicava psiquicamente com seu usuário – como acontecia no filme *2001 – Uma Odisseia no Espaço, de Stanley Kubrick* (1928-1999); e o Tubo de Explosão, um portal dimensional que permitia aos deuses chegar a qualquer parte da Terra em segundos. A mais intrigante é a Fonte[14], a onipotência em forma de energia, e uma analogia ao Criador.

Já o Senhor Milagre era um gênio do escapismo, uma espécie de Houdini super-heroico, que se refugiou na Terra, bem longe das garras de Darkseid. Seu nome civil era Scott Free, um trocadilho para a expressão inglesa *scot-free,* que significa "são e salvo". O apelo circense da revista se completava com o mentor anão Oberon e a esposa anabolizada Big Barda. Para compor o personagem, Kirby se baseou na figura do desenhista e amigo Jim Steranko – que chegou a atuar como mágico antes de estourar nas HQs desenhando Nick Fury.

Stan Lee também seria lembrado por Kirby em um dos números do *Senhor Milagre*. Havia muitos anos ostentando uma calvície, Stan passou então a usar peruca, além de grandes costeletas, cavanhaque e bigode. Com o passar do tempo ficou somente com o bigode e substituiu a peruca por um implante capilar.

Kirby sabia dos segredos que alimentavam a vaidade do antigo parceiro e aproveitou a deixa para debochar dele, ao introduzir o escroque Funky Flashman, um sujeitinho que vivia enganando a todos com sua conversa fiada e pose de bacana. Funky não passava de um larápio, que além de tudo escondia sua careca sob uma peruca ridícula. Seria essa a impressão que o desenhista tinha de Stan? Parecia que sim.

---

14. *Muitos anos depois, seguidores de Kirby mais atentos afirmariam que o cineasta George Lucas se inspirou nos Novos Deuses para criar Star Wars. Enquanto a Força seria o equivalente à Fonte, Luke Skywalker e Dart Vader nada mais eram que reflexos de Órion e Darkseid. Mas antes disso, Darth Vader já era apontado como cópia barata do Doutor Destino da Marvel.*

Darkseid, o lado negro da criação. O vilão dos vilões do Universo DC

Sobrou até para Roy Thomas, braço direito do editor, o mesmo que Kirby chamava de puxa-saco do chefe. Ele foi retratado na HQ como um personagem bajulador de Funky. Era evidente que Kirby não simpatizava com Thomas desde os tempos do Bullpen e ele procurou evidenciar isso nesse descarrego de mágoas contra o gênio brilhante da Marvel e seus assessores.

Em 1972, o Homem-Aranha se tornou o título mais popular dos Estados Unidos, e a Marvel a editora número 1 do mercado. E Kirby não estava por lá. Pouco mais tarde, Roy assumiu o posto de editor-chefe na Casa das Ideias, enquanto Stan era alçado a *publisher* (sua meta agora era fechar contratos para televisão e cinema).

Coincidência ou não, Thomas decretou que a frase "Stan Lee apresenta" deveria aparecer nas primeiras páginas de todos os gibis da Marvel, fato que deixou muitos fãs de Kirby indignados. "Achei que, sendo o Stan o criador do estilo, se não de todos os personagens da editora, seu nome deveria aparecer naquele espaço", justificou ele, depois de negar que fosse um revide às provocações de Kirby.

A intenção da Cadence sempre foi a de transformar Stan Lee em seu garoto-propaganda, muito antes de ele assumir o cargo de *publisher* da Marvel. Ainda em 1971, ele participou do famoso programa de televisão *To Tell the Truth*. No quadro principal, Stan e mais dois competidores diziam ser o verdadeiro editor da Marvel e os convidados tinham de adivinhar qual dos três dizia a verdade (adivinhar hoje seria bem mais fácil).

A vida seguia e o promotor de eventos Steve Lemberg transformou Stan na estrela de um evento de gala ao organizar "Uma noite com Stan Lee", na badalada casa de espetáculos Carnegie Hall, em 5 de janeiro de 1972. Mas o evento não foi bem divulgado pela imprensa, além de ser mal planejado. Embora conhecido pelo improviso, Stan não tinha um *script* para seguir, e logo a plateia, formada em sua maioria, por pessoas que não entendiam nada de quadrinhos, ficou entediada.

Em compensação, famosos como o jornalista Tom Wolfe e o cineasta francês Alain Resnais, ao subirem no palco, rasgaram-se em elogios ao idealizador do Universo Marvel, o que serviu para cravar mais um pouco o nome do autor de quadrinhos na mente das pessoas.

Um empecilho nessas ocasiões era a generalização que se fazia a respeito do seu trabalho. Para a grande imprensa e público leigo, Stan não era apresentado como o cocriador de Hulk e Homem-Aranha, mas simplesmente como o único idealizador de todos os super-heróis da

Marvel – e neste balaio estavam inclusos o Capitão América, o Príncipe Submarino e o Tocha Humana original, personagens que ele não participou das criações.

Farto de sempre ter de corrigir os repórteres, Stan acabava deixando passar esse tipo de informação equivocada, dando pretexto para seus críticos o acusarem de sacanear Kirby e Ditko. "Isso sempre me trouxe problemas. Eu era o cara convidado para palestrar nas universidades e participar dos programas de rádio e televisão. Minha imagem ficou marcada. Quando as pessoas pensavam em Marvel, elas pensavam em mim."

Tudo isso fazia com que as pessoas envolvidas na concepção desses personagens passassem a odiá-lo mais e mais. Com razão. Kirby

A desafiadora chamada "Kirby está aqui" impressionou no começo, mas o fato é que os leitores dos anos 1970 não estavam preparados para as novas esquisitices do Rei.

estava entre eles. A principal culpada nesse caso, era a assessoria de imprensa da Marvel, que costumava emitir notas para a imprensa exaltando apenas a figura de Stan. Era algo proposital, na verdade, já que Steve Ditko e Jack Kirby podiam, a qualquer momento, reivindicar compensações financeiras ou a reversão dos direitos autorais.

RÉDEAS

Na DC Comics, nesse momento, o maior problema em relação a Jack Kirby era que não tinha ninguém para segurar suas rédeas, como no caso de Stan Lee, na Marvel. A imensidão de personagens e conceitos científicos e esotéricos despejados número a número de maneira desordenada, mais um enredo hermético e confuso, distribuído em quatro títulos praticamente desvinculados do Universo DC (exceto pela presença de Superman), não foram bem assimilados pelos leitores, e as vendas começaram a despencar.

Carmine Infantino, que dera carta branca ao desenhista que tanto admirava, ficou decepcionado quando os primeiros relatórios da distribuidora chegaram às suas mãos. Os títulos do Quarto Mundo não estavam indo muito bem. A tiragem inicial de *New Gods* foi de 350 mil exemplares, mas as vendas mal chegaram ao cinquenta por cento e, com o passar dos meses, essa porcentagem diminuiu ainda mais.

A insatisfação da cúpula da editora crescia à medida que as vendas minguavam. Desse modo, aos poucos, as séries foram sendo canceladas: Senhor Milagre emplacou só 18 edições, enquanto que Novos Deuses e Povo da Eternidade não passaram do número 11. Detalhe: a série do Senhor Milagre ganharia uma sobrevida em 1977, a partir do número 19, com roteiros de Steve Englehart e desenhos de Marshall Rogers.

Era tudo aquém das expectativas em se tratando do Rei dos Quadrinhos. Parecia que a resposta de Kirby à Marvel não havia surtido o efeito desejado. Infantino até tentou ajudar a promover os títulos. Mas suas decisões editoriais se mostraram equivocadas e comprometedoras (e ainda hoje são motivo de crítica por parte dos fãs).

No intuito de manter uma certa continuidade e semelhança com as demais revistas da DC, Infantino pedia para Neal Adams redesenhar as capas de Jimmy Olsen, além de encarregar Al Plastino de retocar as figuras de Superman feitas por Kirby. Principalmente a face do super-herói. A disparidade nos traços formou um visual no mínimo esdrúxulo, meio bizarro.

Todos concordavam que Kirby era um tremendo artista e genial criador – enquanto formulador de conceitos. Perceberam tarde demais, porém, que ele não escrevia tão bem como os roteiristas com quem trabalhara no passado. Os textos de Kirby eram truncados, sem fluidez narrativa. Os diálogos se repetiam e os personagens não tinham profundidade psicológica. Por outro lado, faltava humor, ironia e até um pouco de cinismo nas histórias que ele escrevia. Faltava algo que nem Kirby e tampouco seus fãs mais fervorosos gostariam de admitir. Faltava Stan Lee.

Nessa época, começaram as especulações sobre sua volta à Marvel – algo sonhado pelos fãs mais nostálgicos e puristas. Um artigo publicado no fanzine *Rocket's Blast Comic Collector* 94, em 1972, editado por G. B. Love, destacou: "Descobrimos que Jack Kirby cortou relações

Era a vez de Kirby conjurar seu demônio particular.

com a DC, após dois de seus títulos terem passado para a batuta de Denny O'Neil. Ainda não sabemos quem serão os novos desenhistas, mas já foi decidido que seus outros dois títulos também serão cancelados."

Prosseguiu o fanzine: "Em um período de dois anos *[de 1970 a 1972]*, portanto, Kirby teve muitas decepções na editora e, por isso, cogita voltar a trabalhar com Stan Lee, na Marvel, onde, ao que parece, produzirá novos quadrinhos e comandará o título dos X-Men." Contudo, tais fatos não se concretizaram e Kirby continuou tocando o barco na DC, a fim de cumprir sua cota – estipulada em contrato – de 15 páginas semanais.

Com essa intenção de criar na DC o máximo de personagens e conceitos, em setembro de 1972, começava a saga do demônio Etrigan, baseado nos estudos do autor sobre religiões, lendas arthurianas, parapsicologia e sua fascinação pelo livro *O Médico e o Monstro*. Ele idealizou Etrigan como uma criatura do inferno invocada pelo mago Merlin para lutar por Camelot, contra as forças de Morgana Le Fey.

Ele habitava o corpo de Jason Blood, um cavaleiro a serviço do Rei Arthur. A ligação com o demônio transformou Blood em uma criatura imortal. Dessa maneira foi possível que Etrigan cruzasse o caminho de diversos super-heróis, como Batman, Superman e os Novos Deuses. O protagonista possui superforça e poderes mágicos, e tinha como característica peculiar falar por rimas.

Kirby se inspirou na máscara de demônio usada pelo Príncipe Valente, na antiga história de Hal Foster, para compor as feições assustadoras da criatura. O personagem surgiu na onda dos quadrinhos de terror que tomou o mercado dos anos 1970, mas o título durou apenas 16 edições. Dali em diante, a criatura de Kirby se tornou uma apresentação secundária em outras revistas, reinterpretada por autores diversos.

Kirby não desistia de acertar a mão com algum herói. E a DC continuava a apostar nele. Em outubro de 1972, chegou às prateleiras de revistas *Kamandi, O Último Rapaz Sobre a Terra*. A série *sci fi* era estrelada por um jovem cabeludo num futuro pós-apocalíptico, quando o homem voltou à barbárie e animais inteligentes dominaram o mundo. Na verdade, Carmine Infantino queria licenciar *Planeta dos Macacos*, mas, como não conseguiu, já que a Marvel chegou primeiro, encomendou a Kirby uma história com temática semelhante.

O subtítulo lembrava um dos grandes sucessos do cinema em

1971, *The Omega Man*, chamado no Brasil de *A Última Esperança da Terra*, do diretor Boris Sagal, com o astro Charlton Heston (o mesmo da cinessérie *Planeta dos Macacos*). Era o segundo filme inspirado no romance de Richard Matheson, que via a humanidade ser dizimada e parecia ser o último homem sobre o planeta. Impressionava as cenas realizadas em uma Nova York completamente deserta.

Para compor o novo desafio que a DC lhe deu, Kirby, então, misturou alguns elementos que já havia trabalhado antes, como a HQ *The Last Enemy*, que escreveu para a Harvey Comics em *Alarming Tales* 1, em setembro de 1957, sobre um viajante do tempo que foi parar em 2514 e descobriu que animais evoluídos dominavam a Terra; com o nome "Kamandi", retirado de uma tira que escreveu em 1956, mas que jamais foi publicada.

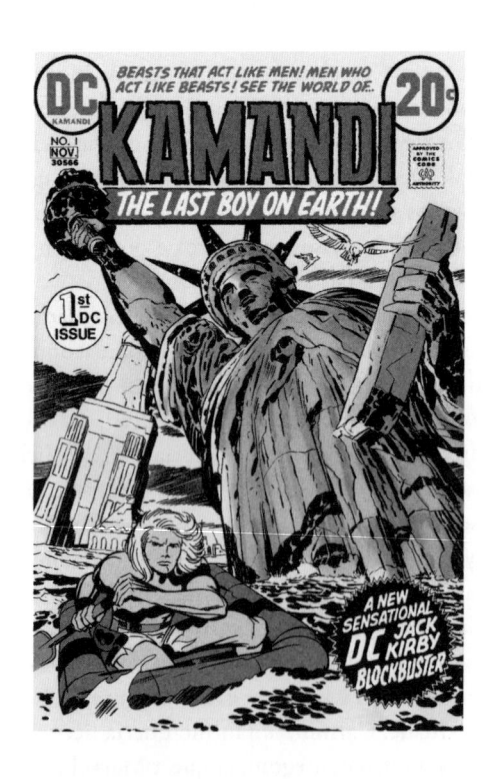

Kamandi se configurou no título mais bem-sucedido de Kirby na DC dos anos 1970.

Curiosamente, a historinha de *Alarming Tales* saiu seis anos antes do romance de Pierre Boulle, que daria origem à franquia cinematográfica dos símios. Kamandi foi o título mais bem-sucedido de Kirby em sua passagem pela DC, na década de 1970. O gibi chegou à 59ª edição – Kirby desenhou as 40 primeiras. Infantino alegaria mais tarde que contribuiu com algumas ideias para a série, sem exatamente citar quais: "Podemos considerar que Jack e eu somos os cocriadores do personagem."

Entre 1970 e 1975, Jack Kirby produziu para a DC diversas outras obras, de gêneros e formatos diferentes. Nem tudo foi publicado. Ele ofereceu a Infantino as revistas *True Divorce Cases* (*Casos Verídicos de Divórcio*), uma variação madura para as açucaradas histórias românticas que ele mesmo inventara décadas antes com Joe Simon; e *Soul Romances*, aventuras amorosas protagonizadas por casais negros. A editora achou melhor deixar tudo no *stand by* e pensar em outras coisas.

Mark Evanier começou a trabalhar como assistente de Kirby em 1969 e lembraria que seu chefe encomendava material europeu numa loja da Califórnia. Kirby ficava fascinado com a produção gráfica dos quadrinhos do Velho Mundo. Idealizava publicar suas histórias na América com as mesmas cores e a mesma impressão caprichada das europeias. Então, ele sugeriu dois novos títulos pensando nisso: *The Days of the Mob* e *Spirit World*.

A DC topou publicá-los, mas preferiu fazê-los em preto e branco e no formato magazine, talvez numa tentativa de competir com os títulos de terror e realismo fantástico da Warren Publishing, bem populares na ocasião: *Eerie, Creepy* e *Vampirella*. "Jack defendia um novo formato para essas revistas, que depois veríamos na *Heavy Metal [a partir de 1977]*. Infelizmente, a DC preferiu fazer do jeito mais barato e Jack odiava preto e branco", lembrou Evanier.

Era um Kirby mais pé no chão, disposto a agradar a um número maior de leitores, menos exigente e em busca de diversão. Em *The Days of the Mob*, retomava as velhas HQs de gângsteres e, em *Spirit World,* bem mais ousado, investia no paranormal, em profecias de Nostradamus, magia negra e espiritismo. Na história *The Screaming Woman,* por exemplo, o artista misturou possessão e reencarnação em uma trama altamente perturbadora. Todavia, as publicações não passaram da primeira edição.

Especulou-se que talvez os leitores não tenham nem chegado perto delas, imaginando que um nome tão associado aos super-heróis, como o de Kirby, estaria fora de seu habitat natural por completo. A bem da verdade, a desconfiança partia da própria DC, que se resguardou ao solicitar a Neal Adams que retocasse a capa de *Spirit World,* proposta por Kirby, por entender que seu estilo bruto não atrairia leitores o suficiente para uma publicação de terror. E assim foi feito.

Com mais erros que acertos, Kirby se mostrava frustrado em suas ideias a todo instante. Mas não abria mão de colocá-las em prática. De acordo com Evanier, ele bolou uma revista na qual Drácula, o senhor dos vampiros, viveria cada uma de suas histórias numa época diferente. Sem dúvida, algo interessante. "Carmine aprovou, mas, aí, eles (a DC) souberam que a Marvel já tinha anunciado uma ideia similar chamada *Dracula Lives!,* e Jack ficou paranoico", lembrou. "Jack achava que suas ideias estavam sendo roubadas; e que a Marvel anunciava antes só para parecer que Jack os imitava."

Poucas vezes Kirby mostrou cenas tão perturbadoras como nas páginas do magazine Spirit World.

Literalmente mordido de raiva, Kirby decidiu incluir um vampiro no gibi de Jimmy Olsen, o Conde Dragorin[15] – uma trama planejada com Evanier. Mas Carmine Infantino receava em publicar um vampiro num gibi colorido, por acreditar que o Comics Code poderia se opor. Nesse impasse, a Marvel saiu na frente e lançou *Morbius, o Vampiro Vivo*, na revista do Homem-Aranha. Depois que Dragorin apareceu em *Superman's Pal Jimmy Olsen* 142, Kirby pegou um fanzine para ler as resenhas e viu que alguém o acusava de ter plagiado Morbius. Ficou indignado.

CONFLITOS

Inconformado com a decisão da Cadence em promover Stan Lee e não o seu filho Chip, Martin Goodman renegou a tentadora ideia de curtir uma aposentadoria nababesca, para iniciar seu plano de vingança contra a editora. E foi assim que, em 24 de junho de 1974, ele fundou uma nova casa publicadora, a Seaboard Periodicals, cuja linha de quadrinhos seria convenientemente batizada como "Atlas Comics" – nada menos que o mesmo nome ao qual a Marvel ficara conhecida na década de 1950.

Seu slogan era pretensioso e desafiador: "A nova Casa das Ideias", em clara provocação aos donos da editora que tinha fundado. Para cutucar Stan, convidou Larry Lieber para ser um de seus editores. A principal estratégia de Goodman para atrair leitores era tentar repetir o mesmo padrão das revistas da Marvel. As capas dos gibis apresentavam um *layout* idêntico, ao estilo Kirby, e vinham até com uma tarja sobre os logotipos, com os dizeres "Atlas Comics" – referência direta à tradicional "Marvel Comics Group".

---

15. Kirby baseou as feições de Dragorin num vampiro do filme A Maldição do Demônio (1960), do diretor italiano Mario Bava. Por sua vez, Roy Thomas se inspirou em Barnabas Collins, o protagonista da telenovela gótica Dark Shadows (1966-1971) para criar o seu vampiro angustiado, com problema de consciência.

O veterano empresário não mediu esforços para contratar, a peso de ouro, grandes nomes da indústria em base de *free lancers*: Neal Adams, Archie Goodwin, Rich Buckler, Sal Amendola, Wally Wood, Frank Thorne, Dan Adkins, Mike Sekowsky e Steve Ditko, entre outros. Tentou até mesmo Roy Thomas, que não aceitou o convite. "Eu não botava fé, pois o mercado estava ruim para o surgimento de uma nova editora."

Assim que a Seaboard oficialmente deu início às suas atividades, despejou uma quantidade enorme de publicações nas prateleiras, que iam de revistas masculinas e variedades a palavras-cruzadas, mas, principalmente, de histórias em quadrinhos. Na tentativa de intimidar a concorrência, a editora lançou, num curto espaço de dez meses, quase trinta títulos de vários gêneros: super-heróis, aventura, ficção científica, faroeste, guerra e terror. Tal medida editorial se mostraria equivocada em pouco tempo, pois os títulos simplesmente não emplacaram.

Insatisfeito com a fraca receptividade dos leitores, Goodman nem esperou pelo relatório da distribuidora, que acusaria uma média de vendas baixíssima de treze por cento (quando o ideal de sobrevivência seria de um mínimo de vinte e cinco), E mandou cancelar as revistas, que estavam em suas segundas, terceiras ou quartas edições. Não deixou sequer que as histórias tivessem conclusão, para desencanto dos leitores. Os últimos quadrinhos da Atlas/Seaboard saíram com data de capa marcando o mês de outubro de 1975 e contabilizou-se pouco mais de sessenta edições publicadas. No curto espaço de um ano, ninguém mais se lembraria de seus gibis.

Goodman, enfim, aposentou-se e se mudou para Palm Beach, na Flórida[16]. Seu relacionamento com Stan estava definitivamente comprometido. "Eu estava feliz por saber que tinham dado uma chance para Larry trabalhar como editor. Mas eu tinha certeza de que eles não seriam capazes de incomodar a Marvel, não importava o quanto se esforçassem para isso", analisou Stan. Chip, por sua vez, sem a supervisão do pai, decidiu continuar no ramo e fundou outra editora, a Swank Publications, voltada para revistas pornográficas.

---

16. *Goodman morreu em 1992, aos 84 anos. Chip viria a falecer em 1996, com apenas 55 anos de idade.*

A DC decidiu criar a revista *1st Issue Special*, com a finalidade de seguir uma velha fórmula conhecida no mercado editorial de gibis: apresentar um novo herói a cada edição. Aquele que vendesse muito bem ganharia título próprio[17]. Infelizmente, não foram os casos das três propostas feitas por Kirby: *Dingbats of Danger Street, Manhunter* e *Atlas*. As duas primeiras eram remodelagens de temas do passado. Em *Dingbats* Kirby insistia mais uma vez em gangue de garotos; e em *Manhunter* apresentava Mark Shaw, uma nova encarnação do Caçador – personagem que ele e Simon haviam trabalhado nos anos 1940.

Sobre *Atlas*, o personagem era nada menos que outro semideus kirbyano – que não desistia de se estabelecer nesse subgênero, quase uma obsessão para ele. Na trama, ainda garoto, Atlas viu seu povo ser exterminado pelas hordas do cruel Rei Hyssa. Em busca de vingança, ele aceitou o auxílio do misterioso Chagra, que o criou até que atingisse a maturidade e o pináculo de seu vigor físico. Infelizmente, ninguém deu bola para o personagem e frustrou os planos que Kirby tinha para ele.

Kirby também criou OMAC, o "Exército de um Homem Só", sobre um sujeito que vivia em um futuro incerto, vigiado pelo satélite Irmão Olho – uma referência explícita ao Olho que Tudo Vê, símbolo ocultista adotado por sociedades secretas como Maçonaria e Illuminati – objetos de estudo do Rei dos Quadrinhos. Ainda teve uma nova versão do herói onírico Sandman, que reuniu Kirby a Joe Simon após tanto tempo.

A edição de estreia de *Sandman*, de março de 1974, foi um tremendo sucesso. Kirby, entretanto, sentia-se desconfortável em trabalhar outra vez com o antigo parceiro – ainda mais após o caso judicial envolvendo o Capitão América – e Simon acabou substituído por Michael Fleisher, a pedido do antigo amigo. A revista durou apenas seis números e Kirby se revezou na arte com Ernie Chua.

Porém, naquele mesmo ano, Kirby não escaparia de rever Simon, durante uma convenção de quadrinhos realizada no Hotel Pennsylvania, em Nova York. Enquanto Kirby e seus assistentes Mark

---

17. *Ironia das ironias, uma das séries apresentadas em 1st Issue Special que vendeu bem foi justamente New Gods, só que escrita por Gerry Conway e desenhada por Mike Vosburg. O título New Gods voltaria às bancas em 1977, a partir do número 12, com continuidade à saga interrompida anos antes, mas sem o seu criador.*

Evanier e Steve Sherman vendiam desenhos para os fãs, alguém roubou a carteira de Kirby, com todo seu dinheiro e cartões de crédito. Kirby estava aturdido, e nem sabia o que fazer. Nesse momento, Simon se aproximou e tomou a iniciativa de fazer ligações telefônicas para os bancos e administradoras dos cartões.

Roz não pôde acompanhar o marido dessa vez, mas ficou tranquila por saber que ele estava com Simon. Quando todos os procedimentos burocráticos foram resolvidos, era tarde da noite, e Simon, Kirby e os assistentes tiveram de se hospedar no único quarto disponível do hotel. No dia seguinte, Simon e Carmine Infantino arrumaram um dinheiro para Kirby, que, constrangido, aceitou. "Assim que a convenção terminou, Kirby pegou o voo para a Califórnia", lembraria Simon. "Foi a última vez que o vi." Até o fim, Simon foi como um irmão mais velho para Kirby.

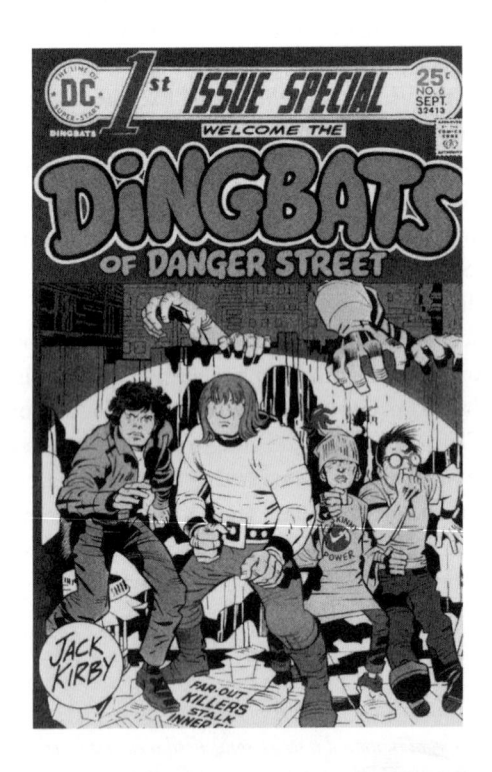

Até o seu último instante na DC, Kirby tentou reviver o sucesso dos gibis de grupos de garotos. Mas o momento era outro.

No princípio de 1975, Stan Lee concedeu entrevista a um fanzine britânico e comentou da seguinte maneira o trabalho de Kirby na DC: "Escutei por aí que Kirby estava farto de fazer coisas das quais ele não retinha o *copyright*, e nisso eu não posso julgá-lo. Mas o que me surpreende é que ele não detém os *copyrights* do que produz na DC, também."

E arrematou, com aparente sinceridade: "Honestamente, eu gostaria que Kirby voltasse para a Marvel assim que seu contrato acabar. Se ele não fizer isso, estará cometendo um grande erro. O melhor trabalho que ele fez na vida foi aqui. Seu estilo é genuinamente Marvel. Todos os seus títulos que fracassaram na DC, acredito que ainda estariam circulando se fossem publicados pela Marvel – especialmente os Novos Deuses."

Diversidade era o lema. E Kirby pegaria carona na moda das artes marciais deflagrada com os filmes de Bruce Lee na primeira metade da década de 1970, ao emprestar seu talento para uma edição do lutador Richard Dragon, criação de Denny O'Neil; além de apostar em espionagem com o vilanesco Kobra, em parceria com o roteirista Steve Sherman. A história refletia o caso dos "irmãos siameses" Chang e Eng Bunker, da Tailândia, que dividiam sensações e morreram com apenas duas horas de intervalo um do outro.

Desse modo, os irmãos Jason Burr e Kobra também comungavam das mesmas sensibilidades, além de um ódio recíproco. E aí residia o drama: inimigos mortais, mas que não ousavam eliminar o outro. Kirby só participou da primeira edição, e, por decisão editorial que o magoou bastante, sua arte sofreu diversas alterações de outros artistas.

Alguns desses materiais foram lançados pela DC quando o contrato de Kirby já havia encerrado em 1975. E nenhum dos lados se esforçou para renová-lo. A expectativa gerada em torno de sua vinda para a DC em 1970 não havia encontrado ressonância nas vendas. Em todo caso, seu legado gigantesco de conceitos e personagens só fez enriquecer o multiverso da DC Comics, e outros autores saberiam tirar proveito disso nos anos seguintes. Apesar do inferno astral que viveu no período, a energia pulsante de suas novas criações confirmou o que todos já sabiam: Kirby era de fato o Rei dos Quadrinhos.

CAPÍTULO 8

O EXÍLIO DO REI DOS QUADRINHOS

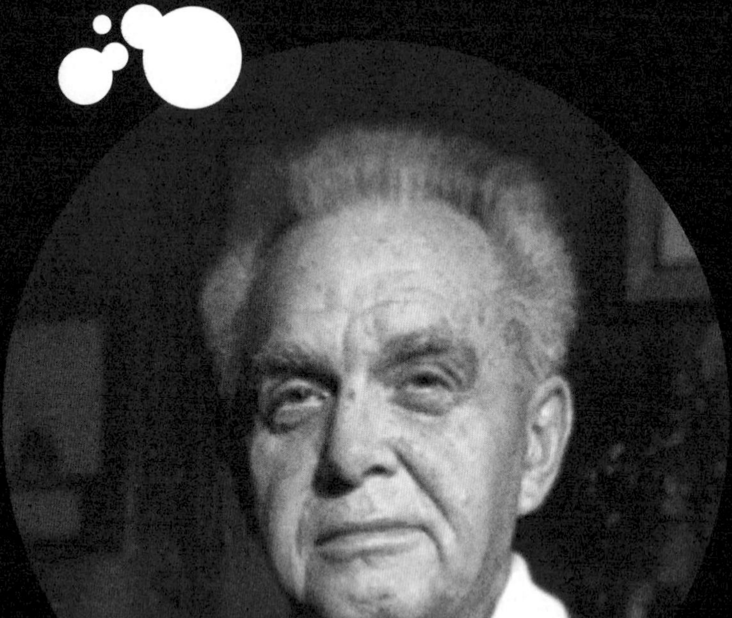

A primavera chegou com tudo na cidade de Nova York, em 1975. Ainda era possível sentir um pouco do vento gélido do inverno, relutante em partir, ao mesmo tempo que os raios de sol aqueciam as almas esperançosas e se refletiam nas janelas dos arranha-céus, propiciando uma atmosfera de pura renovação. Era assim que Jack Kirby se sentia enquanto caminhava pelas ruas, prestes a completar 58 anos de idade: renovado e cheio de garra para mais um capítulo em sua trajetória editorial no mundo dos quadrinhos. O seu mundo.

Sentia-se em plena forma, no auge da sua capacidade criativa e como desenhista. E lá foi ele, mais uma vez, ao encontro de Stan Lee, nos escritórios da Marvel Comics. Não se viam há um bom tempo. Sua chegada foi tranquila. Nenhum dos velhos conhecidos estava ali, no momento em que adentrou a sede da editora. A secretária o anunciou e, ao entrar na sala, foi recebido como era de se esperar por seu antigo parceiro de produção – com um largo sorriso, entusiasmo e um abraço fraternal. Se existiam algumas rusgas, pareciam coisas do passado, pois os dois conversaram de maneira animada sobre os novos projetos que Kirby tinha em mente para a Casa das Ideias.

Stan estava muito feliz em poder contar novamente com a imaginação privilegiada de Kirby. Tanto que não criou nenhum obstáculo para o seu retorno, mesmo quando o artista exigiu um contrato similar ao que fizera na DC, para escrever e editar seus próprios gibis. Naquele momento, a desenhista e colorista Marie Severin, distraída, entrou na sala sem bater na porta, e teve um tremendo choque ao ver o "Cara" e o "Rei" juntos outra vez.

Caricatura do Rei feita por Marie Severin
para o fanzine FOOM (Friends of Ol' Marvel).

Após cumprimentos efusivos, Stan pediu que, por enquanto, ela não dissesse a ninguém que Kirby estava de volta à Marvel, pois ele mesmo queria dar as boas novas ao pessoal da redação. Marie concordou com um aceno de cabeça e fechou a porta. Do lado de fora, ela respirou fundo e saiu a gritar pelos corredores: "Jack voltou, Jack voltou".

O editor, porém, teria a chance de alardear o retorno de Kirby em *A Mighty Marvel Convention,* realizada no Hotel Commodore, em um final de semana de março daquele ano. Com a plateia já alvoraçada por saber que um encontro de Superman com o Homem-Aranha estava sendo produzido pelas duas grandes editoras, Stan aproveitou o ensejo para anunciar o convidado surpresa. Todos foram ao delírio quando Jack Kirby subiu no tablado com um largo sorriso.

Mais adiante, Stan faria também um comunicado por escrito em sua coluna *Stan's Soapbox,* que assim começou: "A notícia este mês é tão grandiosa que não conseguiria guardá-la nem mais um minuto. Jack Kirby está de volta. Sim! O bom e velho Rei Kirby – e não esqueça que foi na Marvel que ele ganhou esse apelido – retornou aos braços do Bullpen. É aqui que o coração dele está, onde tudo começou, e onde um dos maiores talentos dos quadrinhos pertence."

Anos depois, o roteirista de quadrinhos e produtor de televisão Paul Dini lembraria como aquela *Stan's Soapbox* sobre Kirby mexeu com ele, então um adolescente: "Foi a *Soapbox* que mais me marcou. Eu tinha acabado de comprar uns números antigos do *Quarteto Fantástico* e estava descobrindo o poderio dinâmico de Kirby. Tudo o que eu sabia era que ele tinha desenhado os gibis mais legais da Marvel, e que agora estava de volta. Era Stan dizendo, então, só podia ser verdade."

Pela primeira vez em sua vida, Jack Kirby cuidaria sozinho da revista de sua mais famosa criação: o Capitão América, e o momento não poderia ser mais apropriado, já que os Estados Unidos comemorariam o bicentenário de sua independência em 1976. Com a saga *"A Bomba da Loucura",* iniciada em *Captain America* 193, e concluída na edição 200, Kirby apresentou uma trama que girava em torno de uma sociedade secreta que pretendia acabar com a democracia na América, levando a nação de volta aos tempos coloniais.

O grupo subversivo se valia de um artefato tecnológico emissor de "ondas diabólicas" para enlouquecer o povo, que então saía às ruas promovendo pânico, morte e destruição. Sob o prisma do novo milênio, com tantas manifestações violentas, intolerância e denúncias nas redes

Em comemoração aos 200 anos de Independência dos Estados Unidos, Kirby escreveu e desenhou uma trama conspiratória com ares proféticos, protagonizada pelo Capitão América.

sociais de grupos elitistas controlando o governo, a religião e os meios de comunicação, a história de Kirby soa absurdamente profética.

O ano de 1976 também ficaria marcado na vida de Kirby como o ano em que ele conheceu Paul McCartney. Amigos em comum arranjaram um encontro entre os dois nos camarins de um show, que contou ainda com a presença de Roz, a filha Lisa, e a esposa do Beatle, Linda. Fã de quadrinhos desde criança, McCartney acabou descobrindo a magia da Marvel já adulto e famoso, durante férias com a família na Jamaica, dois anos antes.

O músico decidiu comprar alguns títulos da Marvel para distrair os filhos, enquanto estivessem no hotel, mas quem acabou impressionado com a leitura foi ele mesmo. A ponto de compor e gravar a canção *Magneto and Titanium Man*, que narrava uma aventura envolvendo Magneto, o mutante algoz dos X-Men, e dois inimigos do Homem de Ferro: o Homem de Titânio e o Dínamo Escarlate. Nessa época, McCartney tocava com a banda Wings e a música entrou no lado B do single *Venus and Mars*, além de ser incluída no *setlist* de sua turnê mundial. Enquanto papeavam, Kirby fez um desenho dos Wings capturados por Magneto. Todos ficaram encantados.

Jack Kirby também se encarregou de adaptar o clássico de Stanley Kubrick *2001, Uma Odisseia no Espaço* para uma edição gigante em formato tabloide. Em dezembro de 1976, ele daria seguimento a uma série mensal de *2001;* além de produzir o título do Pantera Negra, a partir da edição de janeiro de 1977; e algumas esquisitices como Homem-Máquina, um android humanizado que surgiu em sua adaptação de *2001;* e Dinossauro Demônio, sobre um tiranossauro rex vermelho de uma realidade paralela.

Kirby também produziu um número absurdo de capas para várias revistas da Marvel. Era uma forma que Stan encontrara para marcar sua volta de modo triunfal, sem fazê-lo amargar, no primeiro momento, com fracassos editoriais. Sem dúvida, ele estava em grande forma naquele momento. Todavia, seu trabalho mais significativo nessa volta à Marvel foi a elaboração da saga cósmica *The Eternals,* iniciada em julho de 1976.

De certa maneira, a história dos Eternos era um segmento à saga dos Novos Deuses, da DC, que Kirby deixou sem conclusão. A estrutura era a mesma, ao apresentar duas raças de seres antagônicas: os Eternos e os Deviantes (evocando os povos de Nova Gênese e de Apokolips da série da DC). Entretanto, em *Os Eternos,* Kirby estava embevecido pelas

O Rei e o casal de fãs Paul e Linda McCartney.

Só mesmo a genialidade e talento artístico de Jack Kirby para transpor aos quadrinhos a Odisseia Cósmica.

teorias de *Eram os Deuses Astronautas?*, livro do autor suíço Erich Von Däniken – em contraposição às evocações bíblicas de *Novos Deuses* –, que propunha que as antigas civilizações terrestres seriam o resultado de atividades de astronautas alienígenas.

No caso da HQ, os Eternos e os Deviantes foram experiências feitas pelos Celestiais, seres tão antigos como a própria existência do universo. Os primeiros foram criados para serem os protetores da humanidade. Eram poderosos e belos fisicamente, o que levou vários povos ao longo dos séculos a considerá-los deuses. Os mais proeminentes eram Ikaris, Sersi, Ajak e Thena. Já os Deviantes tinham aparência de deformados e belicosos. Em várias ocasiões, eles foram confundidos com demônios.

Aqui, sem a inventividade de antes, Kirby simplesmente se autoplagiou, ao voltar aos tempos em que produzia com Stan Lee as histórias de Thor e a série secundária *Contos de Asgard,* com os asquerosos Trolls tentando a todo custo destruir os divinos Asgardianos. "Apesar de ter criado minha própria versão daqueles relatos da pré-história, eu me baseei também em assuntos atuais. Será que seres extraterrenos estiveram entre nós e influenciaram nossas vidas até hoje?", ponderou.

QUALIDADE

Apesar de sua arte ainda ser atraente nessa fase, os roteiros de Kirby padeciam do mesmo mal dos títulos que escreveu para a DC: eram confusos, com excesso de textos, pouca mobilidade, muitos personagens novos surgindo a todo instante, e caracterização superficial dos protagonistas, o que não estimulava a leitura e nem criava empatia com o leitor. Para piorar, ficou evidente, logo de início, que o autor não queria que os Eternos fizessem parte da continuidade Marvel.

Para evitar atritos e no esforço de reforçar as vendas, Kirby inseriu algumas participações especiais na revista – casos dos agentes da SHIELD e do Incrível Hulk (se bem que na verdade tratava-se de um robô do Gigante Verde). Apesar de tudo isso, a revista acabou naufragando nas vendas e foi cancelada com apenas 19 edições e mais uma edição especial anual de fim de ano.

Havia, porém, qualidade naquele material. "Eu amava o conceito dos Eternos. De certa maneira, eu gostava mais dos Eternos que dos Novos

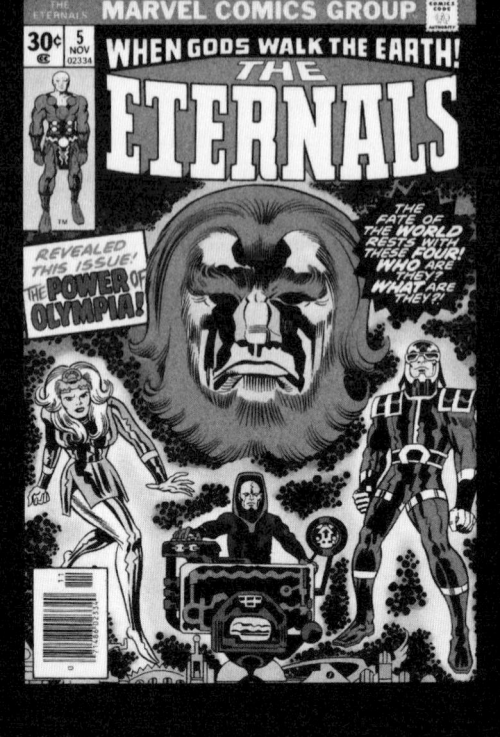

Eram os mais novos deuses de Kirby astronautas?

Com Joe Sinnott – para muitos, o melhor arte-finalista de Kirby em todos os tempos.

Deuses", lembraria Roy Thomas, que tentou produzir alguma coisa com o resistente Kirby, que tanto o desprezou no passado. "Eu queria que ele trabalhasse comigo no gibi do Quarteto Fantástico, mas ele fez de tudo para não aceitar, até que eu desistisse de vez."

Apesar da negativa, Thomas o convidou para escrever uma das edições da série *What If?* (*E Se...*, no Brasil) contando como seria se o Quarteto Fantástico fosse formado pelo pessoal da redação Marvel: com Stan como Senhor Fantástico, Kirby como Coisa, Flo Steinberg de Mulher Invisível, e o próprio Thomas encarnado de Tocha Humana. Kirby enfim topou, mas pregou uma peça em Thomas: "Ele me traiu, ao colocar Sol Brodsky no meu lugar como Tocha Humana. Mas eu o perdoo, pois Sol combinou melhor na história do que eu."

Kirby, infelizmente, parecia não ser mais tão imprescindível à Marvel como fora na década anterior. A editora conseguiu sobreviver muito bem após sua saída em 1970 e, agora que ele estava de volta, seus títulos não correspondiam às expectativas criadas por Stan e pela imprensa junto aos leitores de quadrinhos. A coisa parecia se encaminhar para o mesmo fim que ele tivera na DC.

Suas histórias do Capitão América não impressionaram tanto e as vendas continuaram despencando: "Kirby não retornou com toda a pompa, mas lhe deram *Captain America,* que era um dos principais títulos", comentou Thomas. "Parece que os leitores não curtiam a combinação de roteiro e desenho de Kirby, como curtiam a combinação de roteiro do Stan com a arte de Kirby." Havia uma nova geração de leitores e Kirby, que estava há tanto tempo no meio, aos poucos, parecia perder seu apelo.

Anos depois, várias denúncias anônimas dariam conta de um complô engendrado por alguns poucos idiotas dentro da própria editora para desmoralizar e, por fim, retirar Kirby de vez da Marvel. Em sua volta à editora, o artista encontrou um lugar diferente, em que ninguém parava na cadeira de editor-chefe – foram mais quatro após Thomas se mandar, até se firmar em Jim Shooter, considerado um linha-dura no trato com os funcionários e *free lancers*.

Nesse momento, Stan Lee já não era figura presente para supervisionar os trabalhos de produção e edição que, então, ficaram entregues a iniciantes – muitos deles, ávidos em poder trabalhar com Kirby, e que se frustraram ao saber que o Rei não desenharia suas histórias, somente as próprias, criadas por ele. Daí, ficaram com raiva dele e teriam começado a adulterar os diálogos dos personagens, deixando-os bobocas e sem graça. No mural, havia até um exemplar de Dinossauro Demônio pregado junto a um bilhete, com os dizeres: "Gibi mais idiota de todos os tempos."

Tal conspiração teria invadido também as páginas de cartas, onde predominavam missivas desfavoráveis ao trabalho de Kirby, fazendo crer que boa parte delas foi inventada pelo pessoal da redação. Ainda pior, de uma hora para outra, o artista começou a receber ligações e correspondências anônimas com ofensas e pedidos para que deixasse as séries que estava produzindo. Stan Lee, atendendo ao pedido pessoal do próprio Kirby, chegou a conferir alguns de seus textos, antes e depois de publicados, constatando a maquinação covarde.

Capa grandiosa, porém, recusada para a graphic novel do Surfista Prateado.

ANIMAÇÃO

Toda essa pressão mesquinha fez com que Kirby se desanimasse. Mas ele se manteve firme até o final de seu contrato de três anos, embolsando quase US$ 172 mil – à época, uma remuneração e tanto. Aos 60 anos, em 1978, começou a flertar com a indústria da animação, que pagava bem melhor, além de lhe proporcionar um seguro-saúde que jamais teria se permanecesse nos quadrinhos.

Kirby fez o *storyboard* do novo desenho animado do Quarteto Fantástico, a partir de sinopses de Stan Lee e do roteiro de Roy Thomas. Diferente da animação de 1967, nessa nova versão da Depatie-Freleng, Tocha Humana foi substituído por um robozinho tolo chamado Herbie, já que havia uma possibilidade do herói flamejante estrelar sua própria série (adiante, Herbie seria introduzido na continuidade das HQs por Marv Wolfman e John Byrne).

Havia, porém, mais um bom motivo para Kirby se distanciar do mundo dos quadrinhos. Com a promulgação de novas diretrizes da lei dos Direitos Autorais, que tornaria possível aos autores reivindicar o *copyright* de obras após 56 anos do registro original, as grandes editoras começaram a exigir que eles assinassem uma declaração de cessão de direitos. Em troca, a Marvel ofereceu a Kirby a devolução de algumas de suas páginas originais.

Durante anos ninguém na indústria deu a mínima para essas artes, mas de repente, quando especuladores começaram a ganhar dinheiro vendendo-os nas convenções, todo mundo quis saber como o material foi parar nas mãos daquelas pessoas. "Os desenhistas nunca expressaram qualquer interesse em reaver seus originais. Era como um *script* velho. A revista impressa é que contava como o trabalho deles", explicou Flo Steinberg, garantindo que até o final dos anos 1960 o depósito da Marvel estava entupido de originais.

Era um tesouro descomunal e desprezado. "Ao perceberem que era uma mercadoria de valor, porém, as artes começaram a sumir das prateleiras da editora." Nada mais justo, então, que essas páginas voltassem a quem as produziu. Kirby pediu pelos originais que desenhou nos anos 1960 – os mais valiosos –, mas se recusaram a devolvê-los. Era a deixa para o autor se afastar daquela atmosfera viciada e sem assinar declaração alguma.

Apesar do fim melancólico na Casa das Ideias, Kirby ainda

produziria com Stan Lee a *Silver Surfer: The Ultimate Cosmic Experience*[18], publicado em setembro de 1978. A obra mostra uma origem diferente do Surfista Prateado, sem a presença do Quarteto Fantástico, e a inclusão de personagens novos. Foi a primeira *graphic novel* (edições com melhor acabamento e temática madura) dedicada a um super-herói, lançada pela editora de livros Fireside Books; e também a última vez que os criadores do Universo Marvel trabalhariam juntos numa HQ. Dessa vez a *Soapbox* não festejou.

Entre a saída definitiva da Marvel e os seus primeiros trabalhos para a televisão, Jack Kirby viu dois de seus mais carismáticos personagens ganharem versões *live action*. O Incrível Hulk se tornou um sucesso mundial a partir de 1977, ao protagonizar um seriado melodramático pela CBS, com Bill Bixby no papel do Doutor Banner, e o fisiculturista Lou Ferrigno na pele do Gigante Verde. Fez enorme sucesso, a ponto de ter cinco temporadas.

Kirby fazendo seu autorretrato.

A proximidade com Hollywood propiciou a Kirby fazer uma ponta como caricaturista da polícia, num episódio da segunda temporada do seriado, em 1979. Já o Capitão América estrelou dois telefilmes muito aquém do esperado e o personagem se mostrou descaracterizado por completo. Interpretado pelo jogador de futebol americano Red Brown, Steve Rogers jamais lutou na Segunda Guerra. Ele vestia um capacete, andava de moto e empunhava um escudo transparente e cafona. Fracassou na audiência e não deixou saudade.

Kirby iniciaria a década de 1980 produzindo *design* de personagens para diversas animações da Rubi-Spears Productions. Começou com *Thundarr, o Bárbaro*, de 1980. A série foi criada pelos roteiristas Steve Gerber e Martin Pasko. O artista Alex Toth criara o visual dos personagens principais, mas como a agenda estava apertada, Kirby foi convocado de última hora para bolar todos os personagens secundários – como os vilões e feiticeiros. A recomendação partiu do próprio Gerber e do amigo Mark Evanier.

Kirby cuidaria também dos *sketches* (esboços) do desenho *Mister T*, em 1983, baseado na figura do lutador Laurence Tureaud, famoso pelo seriado *Esquadrão Classe A*. Em 1986, ele seria o responsável pelo *design* da primeira temporada de *Rambo* – animação do emblemático personagem de Sylvester Stallone.

No mesmo ano, Kirby também atuou como consultor no desenho animado *Chuck Norris: Karate Kommandos*, baseado no famoso ator de artes marciais que trabalhou com Bruce Lee. Como sua mente não se aquietava nunca, produziu diversos esboços e propostas de novas animações que, por uma razão ou outra, não acabaram realizadas. Entre essas sugestões constavam *Planeta dos Macacos* e *O Fantasma* (o clássico herói das tiras de jornais de Lee Falk).

---

18. *A respeito dessa obra, Kirby declarou ao fanzine FOOM: "Eu sempre gostei de trabalhar com o Stan, nós formamos uma dupla vitoriosa." Foi a coisa mais próxima de um elogio a seu parceiro em muitos anos.*

Stan Lee embaraçado na teia do seu principal personagem

MÁGOAS

Em todo esse tempo, Kirby não conseguiu se afastar dos quadrinhos como desejava. A edição de agosto de 1981 da revista especializada em notícias sobre o mercado, *The Comics Journal*, anunciou a volta do Rei, três anos depois de ele deixar a Marvel: "O homem que muitas pessoas consideram a mais importante força criativa nas histórias dos quadrinhos americanos irá mais uma vez trabalhar nessa mídia." Kirby encarou um novo desafio ao publicar a série do Capitão Vitória.

A revista *Captain Victory and Galactic Rangers* 1 foi lançada em novembro pela Pacific Comics, uma das primeiras editoras independentes a trabalhar no Mercado Direto – modelo de distribuição de revistas voltado para lojas especializadas em gibis – e a permitir que os criadores mantivessem os direitos autorais dos personagens.

O herói era um militar espacial que tenta proteger a Terra dos Insectons, alienígenas belicosos liderados por uma mulher com pinta de abelha-rainha. Ao longo da série, que teve 13 edições, Kirby deixou várias pistas de que o herói seria filho de Órion e neto de Darkseid, aqueles mesmos da mitologia dos Novos Deuses.

Na mesma época, Steve Gerber envolveu-se numa ação judicial contra a Marvel pelos direitos de sua criação, Howard, o Pato, e convidou Kirby para desenhar seu novo personagem, Destroyer Duck, uma versão radical de Howard. A ideia era arrecadar fundos na disputa jurídica do autor contra a editora. *Destroyer Duck* foi lançada pela Eclipse Comics, em 1982, e Kirby desenhou a história de graça.

No ano seguinte, Kirby ainda publicaria o herói Estrela Prateada (Silver Star), pela Pacific. A série recebeu críticas por apresentar o conceito da engenharia genética, já explorado pelo quadrinista na série *Superman's Pal Jimmy Olsen* – além do fato de o vilão Darius Drumm ser quase idêntico a Darkseid. Não era difícil para qualquer um concluir que a saga dos deuses e seres espaciais de Kirby continuava a rolar, não importando por quais nomes eram chamados, ou por quais editoras eram publicados.

Em paralelo a tudo isso, Stan Lee e sua esposa Joan Lee também se mudaram para a Califórnia, onde ele assumiria o cargo de diretor criativo da Marvel Productions, a subdivisão da Cadence responsável pelos novos desenhos animados dos super-heróis da Marvel. Entre 1981 e 1982, foram lançadas três animações: *Homem-Aranha*, *O Incrível Hulk* (com narração de Stan Lee) e *Homem-Aranha e Seus Incríveis Amigos*,

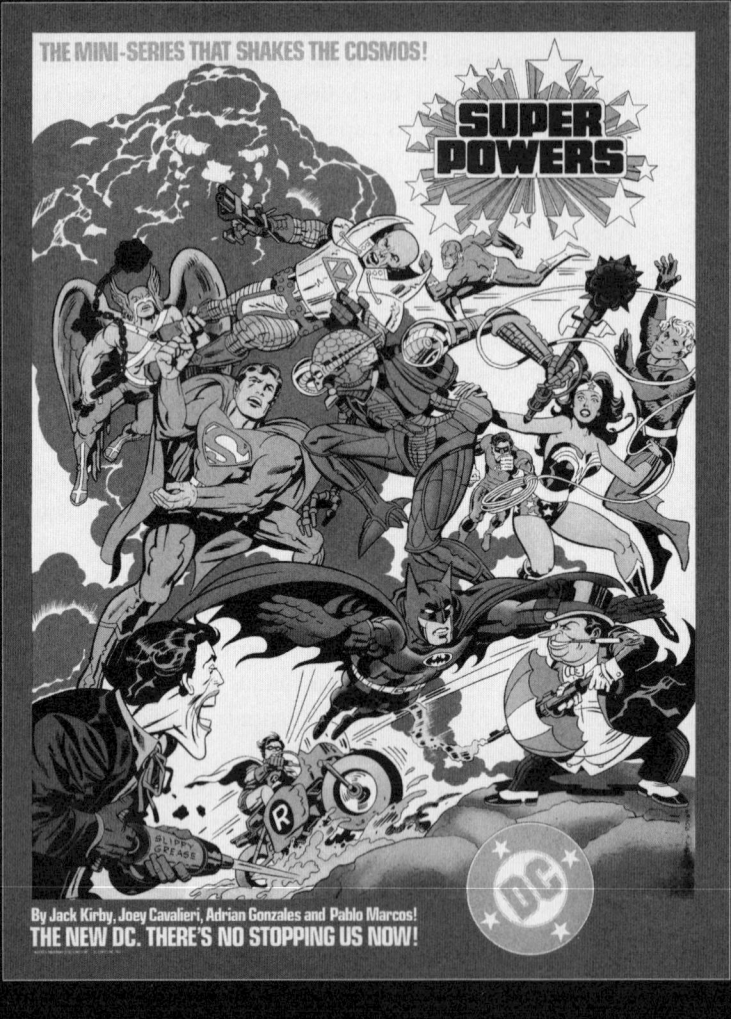

Anúncio da minissérie Super Powers, com Batman literalmente voando para cima dos bandidos.

coestrelado pelo Homem de Gelo e a novata Flama, uma garota ruiva com poderes chamejantes. Essa personagem agradou tanto que, doravante, foi inserida na continuidade dos gibis.

O estúdio também se responsabilizou pela produção de várias animações cujos personagens não eram da Marvel. Os mais famosos foram *Caverna do Dragão* (1983), *Transformers* (1984), *Comandos em Ação* (1985) e *Defensores da Terra* (1986) – este último, com personagens clássicos da King Features da década de 1930: Fantasma, Mandrake, Flash Gordon e Lothar. Além de Stan compor a letra da música tema do desenho, escreveu também a edição 1 do gibi, lançada pela Marvel no ano seguinte. Talvez aqui esteja a razão para a animação do Fantasma, proposta por Kirby, não lograr êxito.

Com ritmo menos extenuante de trabalho, Jack Kirby encontrava mais tempo para dar entrevistas. Em muitas delas deixava de lado as amenidades e soltava o verbo contra as grandes editoras, acusando-as de explorarem os artistas. Começou a diminuir a importância de todo mundo que trabalhou com ele no passado, de Joe Simon a Stan Lee, colocando-os na posição de meros coadjuvantes.

Sem meio termo, afirmava, enfático: "Eu criei tudo", "Eu que tive aquela ideia", coisas assim. Disse também que era o principal responsável pela criação do Universo Marvel, inclusive do próprio Homem-Aranha, um dos poucos personagens da editora que ninguém tinha dúvida quanto à não participação de Kirby em sua gênese – como foi dito, ele não foi além de ter feito a capa do gibi que lançou o super-herói de Stan Lee e Steve Ditko. E, ainda assim, a capa de Kirby era uma releitura da capa original feita por Ditko e recusada por Stan.

Especulava-se o quão magoado o autor estava com a indústria por entender que não fora reconhecido e recompensado o suficiente em todas aquelas décadas de trabalho. O mercado de quadrinhos se mantinha forte, centenas de *comic shops* se espalhavam pelo país. Novas editoras, novos autores, novas tendências de quadrinhos. Talvez o Rei temesse ser esquecido, ou ao menos não reverenciado como deveria pela nova geração de leitores que surgia no embalo das – cada vez mais – badaladas convenções de quadrinhos. Mas Kirby ainda gozava de bastante prestígio.

Pelo menos tanto quanto queria. Quando a Marvel lhe enviou 88 originais antigos – pouco mais de um por cento do que produzira nos anos 1960 –, acompanhados de um formulário anexado para assinar, concordando em não comercializar os mesmos, Kirby esbravejou: "Não cooperei com os nazistas e não vou cooperar com vocês." O caso ganhou destaque na imprensa especializada, os fãs se revoltaram, e Jenette Kahn, presidente da DC, aproveitou a oportunidade para deixar a Marvel mais ainda com fama de empresa inescrupulosa: convidou Kirby para uma nova série de projetos. A DC havia fechado um contrato com a fabricante Kenner para a produção de uma linha de bonequinhos dos super-heróis chamada *Super Powers*. Kirby seria o responsável pelo *design* dos Novos Deuses e receberia *royalties* por isso. Ele também cuidaria do gibi derivado dos brinquedos, o que lhe dava a oportunidade de desenhar personagens como Batman, Coringa e Mulher-Maravilha. Contudo, a cereja no bolo foi a oportunidade de voltar a produzir os Novos Deuses.

A editora pretendia relançar a série original dos anos 1970 em formato de minissérie em seis partes e com acabamento gráfico luxuoso. Para a última edição, Kirby escreveria uma nova história de 24 páginas. E aí ocorreram os atritos. Kirby queria dar um fim para a saga dos deuses, com as mortes de Darkseid e Órion, mas a editora vetou. Então,

Kirby deve ter concluído que Alan Moore devia ser um personagem saído de Forever People.

ao reescrever a história, deixou-a sem uma conclusão, acarretando a realização da *graphic novel The Hunger Dogs*, de março de 1985.

Em entrevistas que daria ao longo dos anos, Kirby prometia um desfecho de proporções épicas ou bíblicas, insistindo nas mortes dos personagens, o que gerou desgaste em seu relacionamento com a DC. O lançamento sofreu diversos atrasos, devido ao excesso de revisões no texto e alterações na ordem de páginas e quadros, para a insatisfação do autor.

No mesmo ano de 1985 foi criada a premiação Jack Kirby Comics Industry Award, nomeada assim em reverência ao Rei dos Quadrinhos. O prêmio era patrocinado pela revista especializada *Amazing Heroes*, da editora Fantagraphics. O britânico Alan Moore, um dos premiados da primeira edição por suas histórias do Monstro do Pântano, estava conversando com o roteirista Frank Miller, famoso por *Daredevil* e *Ronin*, quando Kirby se aproximou e disse: "Vocês são grandes, rapazes! Eu realmente quero agradecê-los pelo trabalho fantástico que estão fazendo."

Moore ficou sem jeito, mas respondeu que era ele quem deveria agradecer Kirby por ter contribuído tanto para sua carreira. "Havia um brilho em volta de Jack Kirby. Ele era uma pessoa muito, muito especial." Por ironia, Kirby só viria a ser premiado com o Hall of Fame em 1987, na última edição do Kirby Awards. Uma briga interna na Fantagraphics levou ao cancelamento da premiação, dando lugar a outras duas: Eisner Award e Harvey Award, nomeadas em referência a Will Eisner e Harvey Kurtzman, respectivamente.

Em 1986, uma festa em comemoração aos 25 anos da criação do Universo Marvel foi organizada no salão de eventos do U.S. Grant Hotel, em San Diego. Stan Lee e Jack Kirby foram convidados e os dois estavam visivelmente emocionados ao se reencontrarem. Como sempre, Stan parecia não ligar para as declarações de Kirby à imprensa em que diminuía sua importância na criação dos super-heróis da Marvel. "Que momento bacana. Aqueles dois não tinham uma conversa franca há séculos e me senti privilegiado por ser testemunha disso", lembra Jim Shooter.

O novo chefão da Marvel lembraria ainda: "A amizade deles estava sendo resgatada, depois de um longo afastamento, e Stan disse a Jack que gostaria que fizessem uma nova história juntos. Jack respondeu que topava, mas Roz interrompeu a conversa: 'Morda a sua língua', e levou Jack dali." Entre os presentes, ninguém tinha mais dúvida: na informalidade, Kirby era uma pessoa dócil e generosa, bem diferente do homem de palavras amargas das entrevistas.

Em 10 de janeiro de 1987, Kirby e Roz foram convidados para a festa de aniversário do ator Bill Mumy, o Will Robinson do seriado *Perdidos no Espaço,* que, na época, atacava de roteirista na Marvel, com o gibi *Comet Man.* Outras figuras ilustres da história dos quadrinhos americanos estavam no local: Bob Kane, Jerry Siegel e o ator Mark Hammill, consagrado como o Luke Skywalker da trilogia original de *Guerra nas Estrelas (Stars Wars).*

Os grandes baluartes da Era de Ouro encantavam os mais jovens, contando como criaram Batman, Superman e Capitão América, quando Bob Kane decidiu fazer graça com Mumy, ao dizer que o seriado do Batman dos anos 1960 deixou *Perdidos no Espaço* no chinelo. Sem pestanejar, Mumy respondeu: "Sabe, Bob, *Perdidos no Espaço* entrou no ar antes de *Batman* e continuou no ar depois de *Batman* ser cancelado." A festa continuou divertida, e conforme Hammill recordaria: "Em nenhum momento Jack tentou ser o centro das atenções, muito menos Siegel, que era um cara bem discreto... ao contrário do bombástico Bob."

Ao sintonizar uma estação de rádio e reconhecer a voz de Jack Kirby, que era homenageado pelo seu aniversário de 70 anos, Stan Lee contatou a estação para cumprimentá-lo e também entrar no ar ao vivo.

Will Robinson, Capitão América, Superman, Batman e Luke Skywalker. Que time!

Era provável que Stan ainda tivesse na memória a boa impressão do último encontro em San Diego, mas as amenidades terminaram assim que um dos entrevistadores disse que, além de desenhar, Kirby também escrevia as histórias do Quarteto Fantástico.

Stan explicou que todas as palavras escritas nas histórias eram de sua autoria e não do desenhista. Embaraçado, o entrevistador tentou contornar o assunto, mas foi interrompido por Kirby: "Posso dizer que escrevi algumas poucas linhas abaixo de cada painel", que eram na verdade notas explicativas do que acontecia nas cenas. "Essas notas nunca foram impressas nas revistas, Jack. Seja sincero e admita", Stan respondeu. "Eu não tinha permissão para escrever", admitiu Kirby. "Você chegou a ler algumas das histórias depois de impressas, Jack? Acho que você nunca fez isso."

Kirby desdenhou, alegando que não conferia o gibi depois de lançado, pois estava sempre ocupado trabalhando no próximo número. Era possível sentir o clima pesado pelas ondas radiofônicas e o entrevistador decidiu dar outro rumo ao bate-papo. Perto do fim do programa, Stan se despediu: "Jack, ninguém tem mais respeito por você do que eu, você sabe muito bem disso", e concluiu: "Jack Kirby marcou a cultura americana e, por que não dizer, a cultura mundial também. Ele tem de se orgulhar disso. Desejo tudo de bom para ele e sua esposa Roz. Espero que daqui a uma década eu possa cumprimentá-lo novamente quando ele completar 80 anos. Jack, eu te amo." A resposta de Kirby foi bem mais comedida: "Bem, o sentimento é recíproco, Stan. Muito obrigado."

Em 1990, Kirby concedeu uma de suas mais polêmicas entrevistas ao *The Comics Journal*. Como era de praxe, Roz também participou e o casal deixou a entender em suas opiniões e lembranças dos fatos que ninguém mais merecia crédito de coisa alguma no mundo dos quadrinhos, exceto Jack Kirby. Claro que o alvo predileto da malhação verbal foi Stan Lee, descrito como um aproveitador e quase um inútil completo.

Mais uma vez, Kirby afirmou ser o criador do Homem-Aranha, que o personagem era uma evolução do Fly – aquele mesmo produzido por Kirby e Simon no final dos anos 1950. O sempre recluso Steve Ditko ficou furioso, não exatamente por causa de Stan. Kirby realmente havia sido a primeira escolha do editor para desenhar a história, mas após fazer as cinco primeiras páginas, Stan bateu os olhos e preferiu repassar o serviço para Ditko.

Kirby desenhara o Aranha como um adulto na plenitude de seu vigor físico, mas Stan não queria um herói esplendoroso, antes sim, um jovem franzino com o qual os leitores pudessem se identificar. E para essa finalidade, o traço de Ditko se mostrou perfeito. "Eu desenhei o Homem-Aranha a partir de uma sinopse de Stan Lee, com muitos personagens, ação e dramas complexos", confirmou Ditko. "E a ideia da máscara fechada foi minha, bem como as meias no lugar das botas, já que ele escalava as paredes."

Depois dessa entrevista do casal Kirby, e durante um bom tempo, Stan Lee teve de conviver com a desconfiança de alguns leitores e de parte da imprensa especializada quanto à sua reputação e até honestidade. Na verdade, nunca mais conseguiu se livrar por completo dessa aura suspeita de ladrão do crédito alheio, por mais que algumas acusações não tivessem lógica alguma. Kirby, sem dúvida, fora o principal responsável por isso.

Alguns colegas saíram em sua defesa. "Essas pessoas são loucas. Stan tinha o seu ego e queria crédito. Mas ele também deu muito crédito a Jack. Eventualmente, isso não foi mais o suficiente para Jack e eu posso enxergar com clareza os dois lados. É aquele tipo de coisa que acontece com quase todas as parcerias desfeitas, sejam os Beatles ou Abbott e Costello. Quando indagados a respeito, cada lado diz que foi responsável por noventa por cento do trabalho", argumentou Roy Thomas.

Impressionante concepção artística de Deus feita por Kirby.

Outros foram mais diplomáticos, sem deixar de tomar posição da discussão – que se arrastaria até o desaparecimento do artista. "Jack Kirby achou que era um autor. E ele não era um autor tanto quanto Stan era um autor. E Stan pensou que fosse um criador e ele não era tanto assim um criador", refletiu Will Eisner.

Para quem não comprava as afirmações de Kirby quanto à sua coautoria do Homem-Aranha, o argumento era simples. Mesmo que as cinco páginas recusadas da origem ainda existissem e o visual proposto por Kirby tivesse uma remota semelhança com aquele que ficou mundialmente conhecido no traço de Ditko, a inexorável indagação permaneceria: O que define a criação de um personagem? Tudo se resume a uma simples imagem, à estética? Ou a uma ideia, uma sugestão?

Ignora-se, então, por completo, a personalidade, as motivações e todo o universo fictício concernente ao Homem-Aranha? Convém lembrar: Mary Jane, Duende Verde, Tia May, Jonah Jameson, Universidade Empire State, Grão-de-Café, Clarim Diário etc. e tal, o que Jack Kirby teve a ver com tudo isso? Quão merecedor de crédito alguém pode ser por uma mitologia que não criou? É como se Kirby fosse alguém que já não tivesse méritos o suficiente para ser celebrado como o Rei dos Quadrinhos.

CELEBRIDADE

Embora ainda exilado do mundo dos quadrinhos, sem trabalhar para nenhuma editora, Jack Kirby continuava requisitado para participar de eventos e convenções de quadrinhos. Inclusive, interpretou a si mesmo no episódio *You Can't Win*, do sitcom *Bob*, exibido pela CBS, em 29 de janeiro de 1993. Foi mais uma oportunidade de encontrar os antigos colegas de profissão que também participaram, Bob Kane e Sergio Aragonés, além de novos expoentes, como Marc Silvestre e Jim Lee, dois dos fundadores da Image Comics.

Vindos da Marvel Comics, os rapazes da Image estavam causando um rebuliço no mercado, com vendas de gibis quase tão gigantes como as da Era de Ouro, e cortejaram Kirby, a fim de viabilizar um trabalho em conjunto. O veterano artista tinha vários projetos que ainda permaneciam inéditos, idealizados nos tempos da Pacific Comics ou até antes. Eram personagens, conceitos, capas e páginas de histórias

Bombast foi um dos vários personagens
novos de Kirby publicados pela Topps.

Kirby criando novos mundos... até o fim!

começadas, só no lápis, que Kirby havia garantido para si os direitos autorais e negociado boa parte com a editora Topp Comics.

Enquanto a Image negociava com Kirby o que havia de disponível de seu material, a Topps escolheu o mês de abril daquele 1993 para o lançamento da linha Kirbyverso – um título pomposo e bem ao gosto vaidoso do artista. Os personagens Bombast, NightGlider, Captain Glory, Victory ganharam edições especiais fechadas, produzidas por veteranos da Marvel como Roy Thomas, Steve Ditko, John Severin, Don Heck, Gerry Conway, Keith Giffen e Dick Ayers, e com direito a *cards* como brindes.

A Topps publicou também as quatro edições de *Jack Kirby's Secret City Saga,* que amarrava todos os conceitos sob o mesmo universo fictício, produzidas por Roy Thomas, Walt Simonson, Tony Isabella e Steve Ditko; e a minissérie *Satan's Six,* em que o próprio Kirby desenhou oito páginas do primeiro número – confirmando que a temática ocultista permeou as obras do Rei até o fim. Apesar de ter sido bem promovido, o Kirbyverso fracassou nas vendas.

Havia algum tempo, Kirby apresentava sinais de cansaço, depois de passar da marca dos 75 anos de idade no ano anterior. A saúde não estava boa, mas ele não queria se afastar do meio que ajudou a construir. Os quadrinhos eram parte intrínseca de sua vida, e era *neles* que ele queria permanecer. Talvez também sentisse que era bom ficar em paz com todos. Por isso, ao se encontrar com Stan Lee em uma convenção, tomou a iniciativa de ir falar com ele.

Stan se lembraria depois daquele momento, o último entre eles. "As últimas palavras de Jack para mim foram muito estranhas. Ele disse: 'Stan, você não tem nada do que se censurar'. Ele sabia que as pessoas estavam dizendo coisas sobre mim, e quis me garantir que aos olhos dele eu não havia feito nada de errado. Acredito que ele, enfim, percebeu. Então, ele se afastou."

Pouco depois, em dezembro de 1993, a Image lançaria em parceria com a Genesis West[19], o gibi *Phantom Force*. Na verdade, tratava-se de um

---

19. *Tempos depois, Lisa, a filha mais nova de Kirby e Roz, ao se deparar com inúmeras caixas com originais contatou o pessoal da Genesis West para ajudá-la na catalogação. "Eu nunca fui uma ávida leitora de quadrinhos", justificou. Boa parte dos títulos da editora, como* Last of the Vinking Heroes *e* Galactic Bounty Hunters *são baseados em conceitos de Jack Kirby, licenciados por Lisa.*

remendo de artes de Kirby com desenhos complementares de Jim Lee, Todd McFarlane, Rob Liefeld e Erik Larsen, entre outros. A trama, corroteirizada por Michael Thibodeaux, proprietário da Genesis, reaproveitava uma ideia de Kirby, dos anos 1970, para uma revista em quadrinhos a ser estrelada pelo astro Bruce Lee (rebatizado então como Gin Seng).

Kirby mais uma vez estava empolgado com o projeto e se jogou nele. Queria lançar mais três ou quatro títulos de uma vez. Infelizmente, não deu tempo. Seria o último título trabalhado pelo Rei dos Quadrinhos, pois, no dia 6 de fevereiro de 1994, em sua casa na Califórnia, Jack Kirby morreu de insuficiência cardíaca. Ele estava com 76 anos.

O emocionante reencontro de Joe Simon e Stan Lee durante a New York Comic-Con, em 2008. Os dois primeiros editores da Marvel não se viam havia mais de 40 anos. Só faltou Kirby...

PARTIDA

Ao saber do ocorrido, Joe Simon lembrou de imediato que Will Eisner costumava dizer que Kirby ainda teria um enfarto por trabalhar tanto. Referia-se também ao modo como ele se envolvia nas coisas, principalmente do ponto de vista emocional. "Acho que ele devia estar exausto. Quem trabalha dez horas por dia devia tirar em seguida uma semana de folga", ponderou o ex-sócio de Kirby. "Afinal de contas, ele era um ser humano."

Stan Lee também lamentou, ao comentar a notícia: "Terrível! Ele não podia ter morrido tão jovem." Stan compareceu ao funeral e se manteve discreto. "Eu fiquei na última fileira, pois não queria que ninguém me visse. Era o funeral de Jack. Sua esposa, Roz, me viu. Ela sabia que eu estava lá. Então eu fui embora." As palavras não eram mais necessárias.

Roz Kirby faleceu quatro anos depois do marido e os familiares contataram Joe Simon com a intenção de mover uma ação conjunta contra a Marvel para reaver os direitos do Capitão América. Depois de várias audiências, as partes chegaram a um acordo satisfatório: a editora continuaria com o personagem, e Simon e a família de Kirby receberiam uma compensação financeira. Além disso, os gibis com participações do Capitão América passariam a trazer a frase "Criado por Joe Simon e Jack Kirby".

O estresse causado pela briga na Justiça afetou a saúde de Simon, que acabou enfartando em setembro de 2001. "Enquanto eu era internado no hospital, as enfermeiras descobriram quem eu era e logo fui cercado por uma multidão. Muitos me pediam para fazer *sketches* do Capitão América." Simon passaria os próximos dias desenhando para todos do hospital – de médicos a pacientes – e poucas vezes em sua longa vida sentiu tanta satisfação. Ele também era duro na queda e só viria a falecer em 14 dezembro de 2011, aos 98 anos.

Com o sucesso decorrente de *X-Men: O Filme,* de 2000, a Marvel entrava de vez no mercado cinematográfico. Desde então, os principais heróis da Marvel protagonizaram vários filmes de sucesso. Os Vingadores, Homem de Ferro, Thor, Capitão América, Hulk, Quarteto Fantástico, enfim, todos – que tiveram a participação de Kirby na concepção – tiveram sua oportunidade de brilhar.

Até mesmo alguns personagens menos conhecidos como Guardiões da Galáxia arrancaram aplausos esfuziantes dos expectadores e da crítica. Ainda em 2009, a gigantesca Walt Disney Company comprou a Marvel por quase cinco bilhões de dólares, além de adquirir dez por cento

A Heavy Metal se rende ao Rei Kirby.

das ações da POW! Entertainment, a empresa multimídia de Stan Lee, fundada por ele anos antes, causando frenesi na imprensa e entre os fãs.

Em meio a esse rebuliço todo, mais uma vez os herdeiros de Jack Kirby foram aos tribunais, dessa vez contra a Disney, requerendo a reversão dos direitos autorais dos personagens que Kirby criou com Stan Lee nos anos 1960 – Quarteto Fantástico, Thor, Hulk, X-Men etc. Ou seja, durante o período mais fértil de sua grandiosa carreira e que agora explodiam nas telas de cinema. Era uma batalha quase impossível de ser vencida.

Assim, em 2011, a Suprema Corte Americana deu ganho de causa à Disney, por entender que o desenhista foi remunerado pelo serviço em valores previamente combinados entre as partes e que ele sempre soube que os direitos autorais pertenciam ao empregador. Todavia, para surpresa geral, três anos depois, a própria Marvel tomou a iniciativa de firmar um acordo de recompensação financeira à família Kirby. Embora os valores não tenham sido divulgados, o consenso geral foi de que prevaleceu a justiça.

Muito após a morte de Kirby, seu nome e legado continuaram a ser assunto recorrente no mundo do entretenimento. O artista foi interpretado no cinema pelo ator Michael Parks, no filme *Argo*, de 2012, baseado em fatos reais. A história se passou em 1979, e contou como agentes da CIA se disfarçaram de equipe cinematográfica de um filme falso (*Argo*), para resgatar diplomatas americanos feitos reféns em Teerã. Contudo, as artes conceituais usadas pelos falsos cineastas eram verdadeiras e foram feitas por Kirby nos anos 1970, como parte de uma adaptação do livro *Lord of Light*, de Roger Zelazny – jamais concluída.

Nesse meio tempo, o roteirista Fred Van Lente produziu a peça de teatro *King Kirby*, sobre a vida do desenhista, que foi bem recebida pela crítica. Finalmente, em 2015, os desenhos majestosos, coloridos e psicodélicos feitos para *Lord of Light*, chegaram ao público, por meio das páginas da conceituada revista *Heavy Metal*, em seu número 276. Durante tantas décadas, a arte magnífica de Kirby encantou e inspirou milhões de pessoas ao redor do mundo, e então descobriu-se que também ajudava a salvar vidas.

EPÍLOGO

A TERRA PROMETIDA

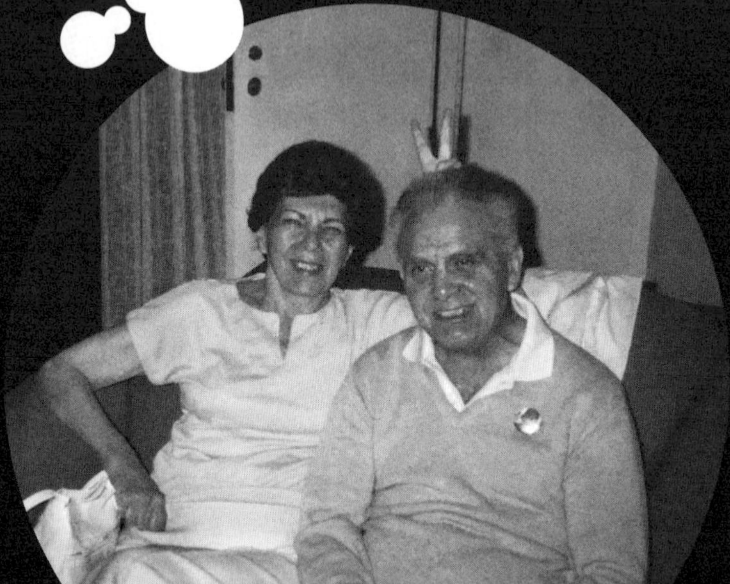

Desde que a família de Jack Kirby se mudou para a Califórnia, no final dos anos 1960, sua residência se tornou praticamente um ponto turístico para os fãs de seu trabalho, vindos de todas partes do país. O fundador da San Diego Comic-Con e amigo pessoal, Shel Dorf, costumava organizar caravanas com dezenas de pessoas para visitar o Rei dos Quadrinhos. Ele adorava tudo aquilo.

Algumas outras descobriam o telefone da casa, sabe-se lá de que jeito, e ligavam para Kirby – que por sua vez, nunca soube desconversar e atendia pacientemente a todos. As ligações acabavam durando duas ou três horas. Alguns mais objetivos, marcavam logo uma visita. Kirby sempre os recebia, o que mostrava uma outra faceta sua, de respeito às pessoas que gostavam dele. O artista sempre contava suas histórias de guerra, e todos ficavam fascinados.

Certa vez, um casal e seus três filhos pequenos, provenientes de Illinois, apareceram sem avisar. "Essa é a casa dos Kirbys?", perguntaram. "Sim", respondeu Roz. "Dirigimos horas a fio. Só queríamos apertar a mão dele." No final das contas, Roz serviu suco e lanche para a família e as crianças até mergulharam na piscina. No momento de irem embora, a mulher exclamou: "Eu não posso acreditar... vocês são pessoas de verdade."

Era da natureza deles. Kirby e Roz tratavam a todos da mesma e gentil maneira. Embora não fosse religioso, Kirby sempre lia a Bíblia, era um homem de fé. O casal costumava ir à sinagoga nos feriados, no Ano Novo, em datas especiais, e Roz perguntava se eles não deveriam fazer isso mais vezes. Kirby respondia: "Eu amo a Deus. Creio em Deus, mas não acho que preciso frequentar uma sinagoga para ser uma boa pessoa."

Porém, o mais difícil era convencê-lo a viajar de avião. Na verdade, ele morria de medo, e Roz tinha de embebedá-lo para que fizesse todo o trajeto dormindo. "Mas que belo super-herói é você", debochava a esposa. Num esforço supremo, ele aceitou pegar um voo para conhecer Israel. Era um sonho antigo de Kirby. "Nós fomos com um grupo de 40 pessoas da nossa sinagoga. Foi um grande momento, pois nos levaram para lugares fora do circuito convencional", explicou Roz. "Andamos pela Faixa de Gaza, bem próximo à fronteira. Foi muito emocionante."

Kirby também quis conhecer o Muro das Lamentações, um lugar sagrado para o judaísmo. Eles ficaram ali alguns minutos em contemplação. Seguindo a tradição de que o Muro é um lugar para se depositar esperanças, Kirby pegou um papel, escreveu alguma coisa, e após dobrá-lo, o colocou numa fenda. Quando Roz perguntou o que ele havia escrito, Kirby respondeu: "Obrigado pelas férias", e sorriu.

O casal deu meia-volta e saiu abraçado. Enquanto se misturava à multidão, ninguém ali presente imaginava que aquele senhor de semblante sereno possuía uma das mentes mais privilegiadas do mundo – tanto pela imaginação para criar histórias quanto para dar formas a elas no papel. Um verdadeiro gênio indomável. Criador de super-heróis corajosos, deuses orgulhos e civilizações fantásticas.

E como poderiam saber? Para todos os efeitos, tratava-se apenas de mais uma pessoa tão humana quanto qualquer outra, com seus defeitos e qualidades, com seus acertos e erros. Jack Kirby era mesmo tudo isso, e também foi muito mais. Ele foi um espírito errante que viveu sua vida cheia de conflitos, reviravoltas e recomeços de peito aberto, e com uma paixão descomunal – protagonizou uma trajetória admirável e, convenhamos, digna de um verdadeiro Rei.

Quem vai questionar isso?

BIBLIOGRAFIA

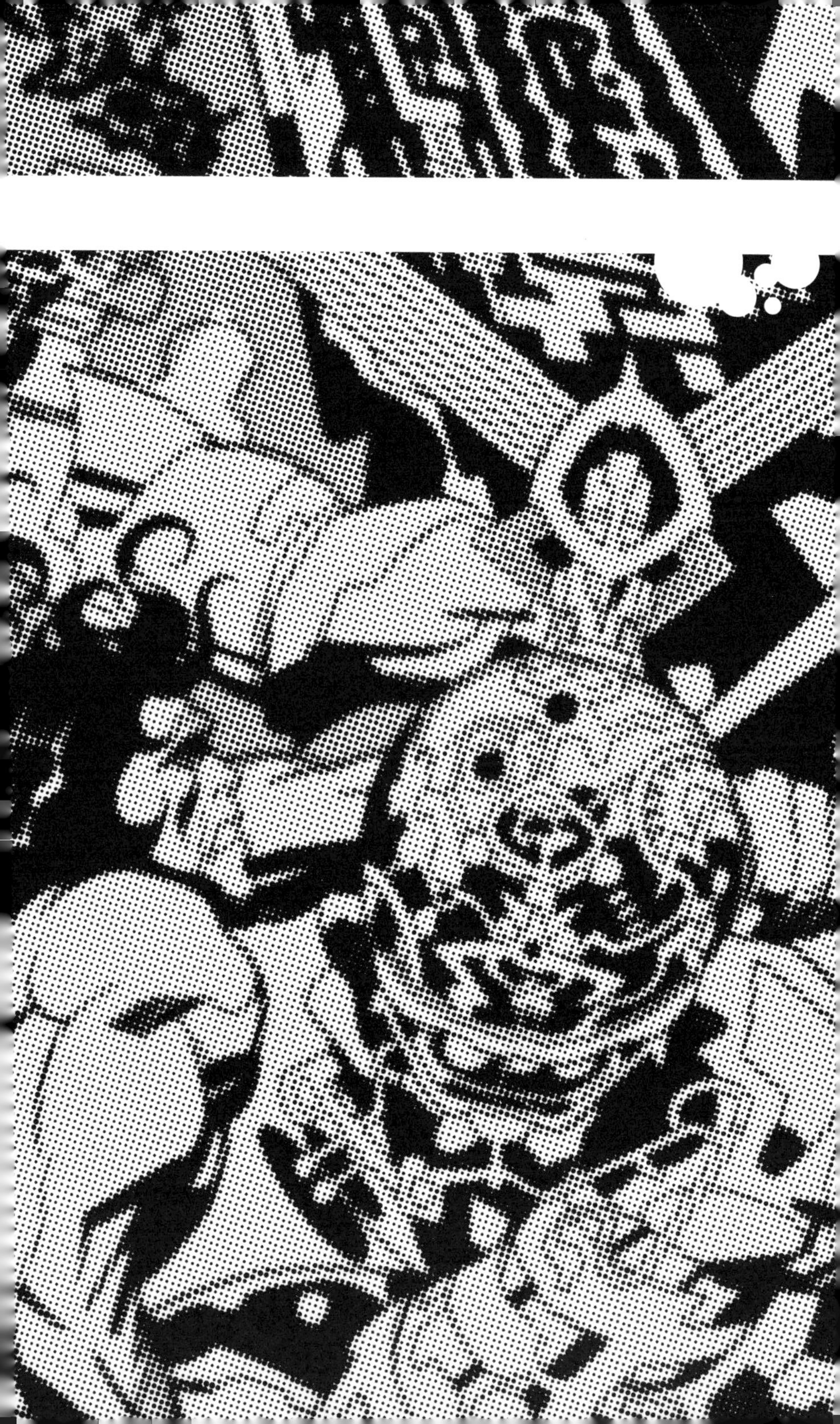

LIVROS, JORNAIS E REVISTAS IMPRESSOS

BENTON, Mike. Superhero Comics of the Silver Age: The Illustrated History. Dallas, Taylor Publishing, 1991

BUSCEMA, John. Interview. The Jack Kirby Collector 18. Raleigh, Twomorrows Publishing, 1998.

COOKE, John B. Spirit World & Other Weird Mysteries. The Jack Kirby Collector 13. Raleigh, Twomorrows Publishing, 1996.

DODDS, Peter W. The Gods Themselves. Amazing Heores 47. Stamford, Reabeard, Inc, 1984.

EISNER, Will. Eisner/Miller. São Paulo, Criativo Editora, 2014.

EVANIER, Mark. Jack Kirby Masterworks. Nova York, Privateer Press, 1979.

_____, Mark. Kirby Unleashed. Newbury Park, Communicators Unlimited, 1971.

FREEDLAND, Nat. Super-Heroes With Super Problems. Sunday Magazine Section. Nova York, New York Herald Tribune, 1966.

GUEDES, Roberto. A Era de Bronze dos Super-Heróis. São Paulo, HQM Editora, 2008.

_____, Roberto. Soldado Universal. Mundo dos Super-Heróis 75. São Paulo, Editora Europa, 2016.

_____, Roberto. Stan Lee – O Reinventor dos Super-Heróis. São Paulo, Kalaco, 2012.

_____, Roberto. O Início de uma Saga Heroica. Mundo dos Super-Heróis 59. São Paulo, Editora Europa, 2014.

HAMMILL, Mark. The Jack Kirby Collector 28. Raleigh, Twomorrows Publishing, 2000.

HOWE, Sean. Marvel Comics: A História Secreta. São Paulo, LeYa, 2013.

JOHNSON, Ruth I. The Truth About Comic Books. Lincoln, Bible Publishers, 1954.

JONES, Gerard. Homens do Amanhã. São Paulo, Conrad Editora, 2006.

KIRBY, Jack. Entrevista. Shop Talk (Segredos de Prancheta). São Paulo, Editora Criativo, 2015.

____, Jack. Interview. Comics Interview 121. Nova York, Fictioneer Books, 1993.

____, Jack. Interview. The Comics Journal 134. Seattle,

Fantagraphics Books, 1990.

____, Jack. Preview Feature! – Silver Surfer. FOOM 19. Nova York, Marvel Comics, 1977.

____, Roz. Interview. The Jack Kirby Collector 10. Raleigh, Twomorrows Publishing, 1996.

KNOWLES, Christopher. Nossos Deuses São Super-heróis. São Paulo, Editora Cultrix, 2007.

LEE, Stan and KIRBY, Jack. Interview. Excelsior 1. EUA, Fanzine, 1968.

____, Stan and THOMAS, Roy. A Conversation Between Stan Lee and Roy Thomas. Comic Book Artist 2. Raleigh, Tomorrows Publishing, 1998.

___, Stan. Interview. Fantasy Advertiser International 55. Inglaterra, Penwith Productions, 1975.

___, Stan. Interview. Jack Kirby Collector 33. Raleigh, Tomorrows Publishing, 2001.

___, Stan. Stan's Soapbox: The Collection. Nova York, Marvel Publishing e The Hero Initiative, 2009.

MARK, Norman. The New Superhero (Is a Pretty Kinky Guy). Eye Magazine 2. Nova York, 1969.

MOORE, Alan. Interview. The Jack Kirby Collector 30. Raleigh, Twomorrows Publishing, 2000.

MORROW, John. A Kirby Family Roundtable Discussion. The Jack Kirby Collector 27. Raleigh, Twomorrows Publishing, 2000.

SEVERIN, Marie. Interview. The Jack Kirby Collector 18. Raleigh, Twomorrows Publishing, 1998.

SIMON, Joe. Interview. Alter Ego 76. Raleigh, Twomorrows, 2008.

____, Joe. Joe Simon: My Life in Comics. Londres, Tintan Books, 2011.

STEINBERG, Flo. Interview. The Jack Kirby Collector 18. Raleigh, Twomorrows Publishing, 1998.

THEAKSTON, Greg. The Old Jack Magic. Amazing Heroes 100. Seattle, Fantagraphics Books, 1986.

THOMAS, Roy. Entrevista. Mundo dos Super-Heróis 59. São Paulo, Editora Europa, 2014.

THOMPSON, Kim. Jack Kirby Returns to Comics with Cosmic Hero. The Comics Journal 65. Stamford, Fantagraphics, 1981.

WEATHINGTON, Eric Nolen. Early Career Moments. The Jack Kirby Collector 64. Raleigh, Twomorrows, 2014.

SITES E BLOGS

Comic Vine – comicvine.gamespot.com
Guedes Manifesto – guedes-manifesto.blogspot.com.br
Guia dos Quadrinhos – guiadosquadrinhos.com
Jack Kirby Museum – kirbymuseum.org
Laweekly – laweekly.com
Los Angeles Times – latimes.com/entertainment/herocomplex
My Comic Shop – mycomicshop.com
Previews World – previewsworld.com
Rolling Stone – rollingstone.com
The Comics Journal – tcj.com
The New York Times – nytimes.com

Este livro foi impresso em papel alta-alvura 90g, usando as fontes Garamond e Intro.